La Muralla de Dios

Adolfo Quesada Chanto

Primera edición: Noviembre, 2023.
(Versión original en español.)

Portada y contraportada creadas por
Álvaro Cubero Pardo usando imagen de Imanol Quesada
Artolozaga bajo licencia gratuita para usos comerciales.

Editado y maquetado por Álvaro Cubero Pardo.

Publicado independientemente por el autor,
en acuerdo con Amazon.com, Inc.,
edición *Paperback* (v1.0.0).

ISBN: 979-8-86-826002-5, Kindle Direct Publishing.

Manuscrito original inscrito en https://www.safecreative.org
el 19-Nov-2023 con el Código de Registro: 2311206159378.
Hecho el depósito de Ley.

"La vida no se ha hecho para comprenderla, sino para vivirla."
—George Santayana

"La mayoría de la gente cree en Dios porque le han enseñado a creer desde su infancia, y esa es la razón principal."
—Bertrand Russell

"San Pablo dijo: «Nihil tam voluntarium quam religio» — Nada hay tan voluntario como la religión.
El gran Tertuliano, en su carta a Escápula, decía también: «Non est religionis cogere religioneni» — No es propio de la religión obligar por fuerza, cohibir para que se ejerza la religión."
—Emilio Castelar y Ripoll

Contenido

Capítulo I
Paint it black #1

¿Azul? Lo convertiré en negro. El portón, sí, efectivamente lo pintaré de negro. El azul, color de pureza y de eternidad de la Gloria. El amarillo, color que simboliza la Gloria de Dios. Pero, a pesar de eso, lo pintaré todo de negro.

El negro representa el pecado, figura el dolor. De todas maneras, lo haré, todo de negro, porque ella se ha ido. Si pudiera pintar el cielo o el sol mismo, lo haría de negro.

Era en ese portón donde me paraba a verla pasar. Todos los días, lloviera o no, hiciera frío o calor. No sé si ella me habrá notado alguna vez.

Ahí está todavía el portón frente al árbol con sus flores rojas. Igualmente, yo las pintaría de negro. Sus hojas verdes, de negro también.

Nunca le dirigí la palabra. ¿Habrá notado alguna vez mi existencia?

Ella no ha muerto, pero como si lo estuviera. Se hizo parte de una congregación y se fue para África. Ahora le sirve a nuestro Señor. Se necesita en la Tierra gente como ella para ayudar a los desvalidos y alimentar sus cuerpos, y gente como yo para alimentar las almas.

—Hola, señora. ¿Cómo está? —le pregunto a su madre, entre accesos de tos, cuando va pasando frente a mi portón negro.

—Bien, Xavier —responde, mirando por encima de mi hombro la casa toda pintada de negro.

—¿Qué tal su hija Valentina? ¿Cómo le va por las Áfricas? —pregunto antes de toser otra vez.

—Está un poco enferma, siempre ha sido muy enfermiza. Apenas llegó pescó alguna extraña fiebre, ya vuelve en unos *diítas*. Creo que ella se dio cuenta de que la cosa no era tan bonita y con estos enredos que ha causado la Gran División, mejor se viene rapidito. Usted sabe, una como madre siempre está preocupada; ahora estaré más tranquila. Además, siempre opiné que ella está muy joven, muy poco madura para andar en esas cosas.

Sigue hablando la señora, pero no escucho ya, pues, al enterarme de su regreso, mi corazón, que igualmente había pintado de negro, aumenta la frecuencia de sus –también– negras pulsaciones.

Debo aprovechar su retorno; esta vez llevaré a Valentina a mi casa, aunque sea a tomar un cafecito. Espero que no se asuste al ver mis paredes y muebles negros.

* * *

El día ha llegado; ella está sentada a mi mesa. Sólo se escucha su profunda respiración y mi tos constante que mancha el pañuelo de rojo. He sobrevivido a dos pandemias, pero alguna enfermedad habita en mis pulmones. Me niego a ir al médico; sea lo que sea, es un designio de Dios. Además, he dado una ofrenda económica al pastor de mi congregación para que oren por mi salud.

Amanece. El sol madrugador intenta colarse por cualquier lugar para iluminar y calentar las frías y oscuras habitaciones de mi casa. Unos cuantos pequeños y débiles rayos logran filtrarse por algún resquicio entre las tablas de la pared. Las ventanas están totalmente selladas, repeliendo cualquier acción invasiva lumínica del sol.

Ella ha pasado dormida toda la noche debido a la droga que le suministré. Quedó sentada en la silla con la cabeza apoyada en la mesa. Cerca de su cabello extendido se pueden ver las pálidas velas que iluminan la habitación. Una luz tenue y hasta triste, pero suficiente para regocijarme ante aquel rostro virginal. Llevo horas admirando aquello que ahora me pertenece.

Está atada a la silla. Me acerco por la espalda y la amordazo con un pañuelo, seguro de que pronto despertará.

Efectivamente, poco después sucede y abre sus ojos poco a poco, acostumbrando su vista a la poca luz de este oscuro lugar. Le digo que le quitaré la mordaza pero que no grite. Ella mueve la cabeza, asintiendo. Le remuevo el pañuelo que cubre su boca y, efectivamente, no chista. Ella respira lentamente y pregunta:

—¿Qué pasa? ¿Por qué estoy aquí?

Intenta simular calma, aunque estoy seguro de que su corazón despierta como locomotora a vapor. Yo no respondo.

—¿Qué es lo que quiere? Me parece reconocerlo. Ya, sí, usted es el vecino, Jaime, no… Xavier, el pastor que pintó su casa de negro —dice lentamente, sin mostrar mucha sorpresa. Deja de hablar, esperando una respuesta.

—Quiero que me acompañe a tomar un café y que hablemos. Eso es todo lo que quiero. Disculpe la manera como la traje, pero temía que una chica como usted no aceptara mi invitación —le respondo sin dejar de mirar su linda cara, su tez morena y sus ojos oscuros. No me gustan sus labios pintados de rojo intenso; eso no es de una mujer de Dios, eso es de putas, pero ya lo arreglaré con el tiempo.

—Bueno, si eso es todo, ¿dónde está el café? —me dice ahora, simulando tranquilidad, como quien a un mal paso quiere darle prisa, aunque de mi parte yo habría detenido el tiempo en aquel mismo instante.

En la oscuridad me dirijo a la cocina para, poco después, volver con una bandeja con dos tazas de café humeante, un termo, cucharitas y azúcar. Coloco una taza en mi extremo de la mesa y la otra frente a ella. Me sitúo detrás de su silla, la desato y vuelvo a mi sitio.

—¿Cómo estás, Valentina? Te he extrañado mucho.

Ella lleva la taza de café a su boca; le tiemblan las manos, por lo que le resulta difícil tomar el primer sorbo.

—La verdad es que no muy bien; alguna fiebre cogí en África y, debido a los enredos que están pasando por aquí, volví con mi familia. Pero en esta situación, aquí con usted, me siento aún peor. Me duele la cabeza y tengo la boca seca —responde mientras pone nuevamente la taza en la mesa—. Cuénteme, ¿por qué me trajo así, a la fuerza? Eso no se le hace a nadie.

—Me gustas mucho, de toda la vida. Te veía pasar al frente desde que aún vivían mis padres y eras más joven, imagínate, desde que eras una chiquilla que ibas a la escuela.

—Pero ¿cuáles son sus intenciones? Espero que me deje ir; le juro que no le diré a nadie. Pero no me haga nada y déjeme ir a mi casa. Además, nunca pensé despertar esos deseos en nadie y menos en un señor como usted. Hablando de señores, fue muy triste lo de sus padres —me dice la nerviosa quinceañera. Me imagino que intenta cambiar a un tema que la calme, pues cada vez se ve más nerviosa.

—Sí. Murieron en la última pandemia, entonces quedé a cargo de la casa de adoración. La verdad es que no soy buen orador; Jehová les dio ese don a mis padres, pero no a mí. Por eso, después de que ellos murieron, los miembros de nuestra iglesia se alejaron y se fueron a la del pastor Mario. Lo mismo les sucedió a muchas congregaciones que han sido absorbidas por la *Iglesia El Último Aviso*. Yo mismo soy ahora miembro de esa iglesia y en los tiempos en que el pastor estuvo de candidato, le colaboré en el culto de los viernes. Como tuve que cerrar la iglesia, dejé de percibir los diezmos. Por suerte, yo no lo sabía, pero mis padres tenían mucho dinero en el banco y ahora me sirve para llevar una vida tranquila. En verdad espero que allá en la Gloria le estén sirviendo al Señor mejor que yo lo he hecho hasta el momento.

Valentina sigue escuchándome y se lleva nuevamente la taza a la boca para dejarla caer repentinamente. Se le derrama el café, tiñendo de negro la negra mesa. Me mira con ojos desfallecidos y cae inconsciente sobre el tibio charco de café.

Sonrío. El plan corre tal como lo concebí; otro poquito de droga para el viaje que nos espera. Ruego que no le pase nada por tanta mezcla. Anoche la dormí con un paño empapado en cloroformo cuando pasaba frente al portón y ahora con ese medicamento que compré en la farmacia.

A pesar de que el día de la Gran División ha pasado hace ya unos meses, el país continúa siendo un caos. Por eso, afuera tengo preparado el automóvil lleno de gasolina y víveres. Dentro de una bolsa que no llama mucho la atención coloqué todo el dinero que saqué del banco. Lo cambié todo a dólares, pues no sé si al otro lado la moneda seguirá siendo la misma. En el auto tengo aún espacio y ahí es donde coloco el adormilado cuerpo de Valentina.

Algunos carros de la policía están en la casa de la vecina. Seguro ya reportó que la niña no llegó a casa. Mejor partimos ya, querida Valentina.

Al otro lado del muro todo será mucho mejor.

Capítulo II
El candidato

Transcurrían los días previos a las elecciones.

—Patricio, ¿tiene algo para el dolor de cabeza? —preguntó el pastor-candidato, detrás de su escritorio, sin apartar la mirada del monitor de su laptop *ultraslim*.

Las paredes de la oficina estaban tapizadas de pósteres con la imagen del candidato y alguno de sus eslóganes. «*La familia primero*», en una foto con su esposa y dos hijas. «*Eliminemos la ideología de género; hombre es hombre, mujer es mujer*», donde también posaba con su familia.

El candidato y pastor, Mario, era un hombre alto. No era grueso, más bien delgado. Su piel era blanca y su cabello rubio. Siempre se ufanaba de tener abuelos paternos españoles y maternos alemanes, lo cual era mentira. Con mucha seguridad, su genética era similar a la mayoría de los habitantes de aquel país: mezcla de indígena americano, subsahariano y español.

—No, señor, pero ya le llamo al chino de la esquina para que nos traiga algo o pido acetaminofén con la aplicación "Farmacia Express" —dijo el hombre sentado en el escritorio frente al monitor de otra computadora.

—No hombre, acetaminofén no me va a hacer nada. Cuando salga, paso por una farmacia y me compro algo más fuerte. Tranquilo, no es para tanto.

—¿Ya va para su casa, jefe?

—No. Es muy temprano, voy a pasar donde Kalyna y luego vuelvo. Un buen masaje me dejará como nuevo.

—OK, jefe, tranquilo, pero no me canso de decirle que tenga cuidado.

—Lo tendré, Patricio. No me canso de decirle que lo tendré. Ya sabe qué contestar si alguien me llama.

—OK, jefe, no me canso de decirle que ya sé qué tengo que hacer —le respondió con una sonrisa cómplice—. Que el Señor lo acompañe.

El señor candidato abrió la gaveta ubicada debajo del escritorio, donde sacó una gorra, una barba postiza y una camiseta. Fue al baño y volvió disfrazado. Dio una palmada a su asistente y se despidió. Salió por la puerta trasera y caminó dos cuadras. Sacó un control para activar la puerta de un garaje que empezó a abrirse. Subió a un auto rojo con placas de taxi que condujo hacia el sur.

Mientras, en la oficina del partido, Patricio se comunicaba con sus troles para acordar sobre las nuevas *fake news* que publicarían en las redes sociales. Unos pocos no cobraban al partido por sus servicios; lo hacían porque estaban convencidos de que la causa era justa o porque estaban resentidos con el partido en el Gobierno. Sin embargo, a la mayoría había que pagarles su buena cantidad.

—Me parece bien, Enrique, insinuar que el hijo del candidato del PQR es gay. Eso nos va a ayudar. Como siempre, eso puteará a los *millennials* y *posmillennials*, pero nos ayudará a afianzar nuestras bases conservadoras. ¿Qué? Sí, está bien. OK, mantengámoslo una semana circulando en diferentes versiones. No, mejor espera un toque, Enrique, mándamelo antes para ver cómo va a quedar; así le doy el visto bueno. Hasta nos podríamos reunir para ver otras ideas que tengo por ahí. OK, mañana en la tarde.

Patricio desconectó la llamada y se quedó meditando por un corto tiempo. Desde su computadora rastreó el perfil de Enrique en una red social. Buscó su foto y la encontró; sí era tal como lo recordaba, muy guapo.

El candidato llegó a un apartamento y tocó la puerta. Una mujer entreabrió y dijo:

—¿Por qué tocas? ¿Acaso no tienes tus propias llaves?

Era una mujer alta y blanca como el armiño, ojos azules semejantes al océano que la separaba de su patria y unos diez años menor que él. Vestía ropa interior color rojo, que contrastaba con el tono de su piel. Se tiró en el sofá con la bolsa de palomitas en la mano para continuar viendo su serie favorita en *Netflix Reloaded 3D*.

—No te esperaba —dijo ella en su extraño acento, mientras el candidato se dirigía al baño para quitarse la barba y el bigote postizos.
—Recuerda lavarte las manos; aquí tengo alcohol en gel también.
—Claro, mi amor.

El lavarse las manos se había vuelto un hábito en la población, después de que dos pandemias seguidas en la década pasada pusieran en jaque las economías y los sistemas de salud mundiales.

El candidato y pastor se miraba al espejo mientras restregaba sus espumantes manos. Recordaba cómo se había aprovechado de las pandemias para llevar agua a su molino, pues el miedo le había traído muchos nuevos feligreses a su iglesia donde él les recordaba que la segunda venida de Jesucristo estaba cerca e iba a ser precedida de la peste tal como lo había anunciado uno de los evangelistas en Lucas 21,11: *«Habrá grandes terremotos, y plagas y hambres en diversos lugares; y habrá terrores y grandes señales del cielo»*.

El candidato y pastor, Mario, tampoco había olvidado cómo la última pandemia de gripe aviar se había llevado a sus padres y que no habían servido para nada las oraciones ni los sacrificios que le había ofrecido a Jehová por la salud de ellos. Al final tuvo que aceptar la voluntad del Señor.

—Mario, ya ven a mi lado —gritó la rubia.

—Ya voy Kalyna, ya voy —dijo el candidato mientras se acercaba—. Pero recuerda que no vengo precisamente a ver tele —añadió mientras le acariciaba el dorado cabello a su amante europea, parado detrás del sofá.

A ella no le gustaba que la llamaran *la Rusa*, pues era de Ucrania, más exactamente de Mariúpol, convertido en territorio ruso después de la guerra.

Es grande la cantidad de catálogos de chicas ucranianas que se pueden encontrar en la Red; algunas agencias matrimoniales las ofrecen para casarse y muchas mafias de tratas de blancas las han repartido por el mundo. Al final de cuentas, sus mujeres siguen siendo uno de los principales productos de exportación que poseen muchos países eslavos del este europeo. Son bonitas y ella era una muy buena representante. Sus ojos eran azules, su piel blanca y sus labios rojos como la *kalyna*; baya roja y ácida, símbolo de su país. Esta fruta es de un bermellón profundo, amarga y con una semilla también roja en forma de corazón.

A ella le encantaba llevar ese nombre; creía que la representaba, pues, al igual que la *kalyna*, ella se consideraba hermosa por fuera, con las primeras capas de su personalidad amargas, pero con un corazón al rojo vivo por dentro.

—¿Ya te pusiste los *tapochki?* —preguntó ella con aquel acento marcado que vibraba en todo el apartamento.

—No, mi amor, pero ya lo hago —respondió el candidato, devolviéndose a la puerta para quitarse los zapatos y ponerse aquellas pantuflas, que ella le exigía calzar para entrar en sus habitaciones.

—Yo sé que no es costumbre aquí, pero ya es hora de que siempre te acuerdes.

—OK, OK, linda —concedió él mientras se acurrucaba a su vera en aquel espacioso y cómodo sofá.

—Recuerda: en mi hogar se hace lo que yo digo —remató ella mientras sonreía y le acariciaba la cabeza.

No era exactamente de ella, pues aquel apartamento pertenecía al candidato, que lo había comprado hacía algunos años ya para sus escapaditas fugaces de faldas. Lo usó muchas veces para ese fin, pero la hermosa ucraniana llegó para quedarse y el candidato nunca pudo sacarla de ahí. Tampoco él tenía esa intención, pues estaba enamorado de ella y disfrutaba de sus favores y de su compañía.

—¿Qué estás viendo?

—*El fuego de Estambul;* deberías verla.

—¿Por qué no ves la televisión nacional? Así podrás verme muchas veces al día.

—Prefiero verte en persona, no me gusta la televisión en estos tiempos. Son muchos anuncios de propaganda política. Muchos son de tu partido, pero ya sabes que no me gustan por dos cosas. Yo no creo en Dios y me repugna que incendies el odio contra los homosexuales para ganar votos —dijo ella, dejando de acariciar la cabeza del candidato—. En muchos países llevan a la cárcel o matan a homosexuales. Yo tengo una prima que murió en una cárcel rusa por ser lesbiana. No sé por qué te quiero, si eres tan malo.

—Mi amor, sabes cómo es la política. Sobre Dios, sabes que es mi guía, y sobre la actitud contra los homosexuales, es una estrategia que le ha funcionado al partido muy bien en todas las campañas. Además, está escrito en la Biblia que...

—¡La Biblia, la Biblia! —exclamó ella, alzando la voz, un tanto ofuscada. —Me tienes cansada de ese libro. Si quieres estar en contra o a favor de algo, rebuscando mucho en la Biblia puedes encontrar algún párrafo que apoye tu manera de pensar. Si estás en contra de los homosexuales, ya encontrarás algo, si estás a favor, de igual manera encontrarás algo que los apoye. ¿Sabías que en la Biblia se aprueba el canibalismo?

El candidato levantó el ceño, incrédulo.

—No me crees, búscalo en *Google Plus*, y verás que tengo razón.

—Ah, no te creo. Yo he estudiado mucho la Biblia y no hay nada de eso.

—Ustedes sólo leen y usan los párrafos que les convienen. Ven a mi lado y ya dejemos de hablar de eso. Ven, relájate —dijo ella mientras le tomaba el brazo y lo traía otra vez a su lado.

—OK, OK, se acabó el tema.

El candidato, aquel hombre que con su verbo era capaz de hacer temblar, llorar y entrar en un trance religioso a todos sus seguidores durante el culto en su iglesia, aquel hombre cuyas palabras habían convencido a masas en las campañas electorales anteriores y que casi lo habían llevado a la presidencia de la república en tres ocasiones; este hombre, en presencia de Kalyna, se hacía pequeño y sus palabras no podían salir de su boca, pues su cerebro quedaba "en neutro".

El espectáculo dio inicio; el primer acto se dio a media luz, sobre el sofá, y estuvo lleno de labios y manos que buscaban el cuerpo del otro. La obra terminó sobre la cama de ella, mirando los dos hacia el techo, extasiados después de sendos orgasmos.

Esa misma noche, horas más tarde, en su cama al lado de su esposa, hizo la búsqueda desde su teléfono móvil: "canibalismo en la biblia". Se sorprendió al obtener más de un millón de resultados. Clicó sobre el primero y la página se abrió en Deuteronomio 28,53: «*Entonces comerás el fruto de tu vientre, la carne de tus hijos y de tus hijas que el Señor tu Dios te ha dado, en el asedio y en la angustia con que tu enemigo te oprimirá*».

Miró por encima otras citas y se sorprendió; era cierto lo dicho por Kalyna. Había más de un versículo que se refería a comerse a los hijos o al prójimo.

«Mierda —pensó—, otra vez ella tuvo la razón».

Ciertamente, ella era una mujer muy instruida. En su país había iniciado las carreras de historia y filosofía en la universidad. Esos mismos estudios llevaba ahora que se había matriculado en la Universidad Nacional Virtual. Hablaba fluido ruso, alemán y español, así como algo de polaco y búlgaro.

El alemán, lo había aprendido de su madre; el ruso, era el segundo idioma en Ucrania; y el español, lo aprendió en la secundaria y a través de cursos privados, pues siempre le había interesado esta lengua a la que consideraba musical si la comparaba con el ruso, el ucraniano o el alemán. Además, continuamente tuvo la idea de migrar a España, ese país siempre caliente y de gente alegre. El español lo había terminado de perfeccionar desde que llegó a este país. Más aún, leía y veía televisión en castellano.

Había llenado su apartamento de libros sobre muchos temas variados, los cuales leía acompañada de un café, una cerveza o un trago de vodka. Lo hacía cuando no estaba viendo televisión. Prefería las series de *Netflix Reloaded 3D*, pero para ver películas las de *Google-Flix Plus*. Le gustaba salir temprano en la mañana a correr alrededor del parque vecinal, al gimnasio todas las tardes y, de vez en cuando, de compras al *mall*. Vida nocturna no tenía, pues carecía de amigos y con el pastor-candidato no podía salir en público por razones obvias, por lo que aprovechaba esas horas para leer y estudiar.

Su amante le había prometido que pronto le arreglaría su condición migratoria. Ella deseaba estar legalmente establecida en el país para poder buscar trabajo. Vivía muy bien del bolsillo del pastor-candidato, pero ella pretendía ganar su propio dinero; no quería depender toda la vida de él. Lo que ella ignoraba era que él no había movido un dedo para legalizar su situación, pues sabía que así la mantendría bajo su poder.

En su casa, el pastor-candidato tenía muy pocos libros. La Biblia en varias versiones, algunos textos de finanzas y una colección variada de ejemplares que iban desde autores como Jimmy Swaggart, pasando por Marcos Witt y terminando con Creflo Dollar. Este último, al ser un buen representante de la teología de la prosperidad, era uno de sus favoritos.

Tenía todos los escritos por Agustín Laje y, entre todos ellos, no faltaba algún panfleto o manual sobre cómo refutar la ideología de género.

Capítulo III
El día de las elecciones

El pastor-candidato salió de su casa con una hija en brazos y la otra de la mano. Sabía que la prensa lo esperaba fuera y tenía que dar la impresión de ser un preocupado y buen padre. Efectivamente lo era, no necesitaba aparentarlo; a sus hijas las amaba. Todas las mañanas, cuando estaba en casa, las llevaba al colegio y antes de que desaparecieran entre la muchachada, las despedía con un fuerte abrazo y un beso.

Ese día no iba a ser la excepción. Sus hijas se sentaron en el asiento trasero y él se acomodó en el del conductor. Dijo «Arranca» y el auto por sí solo encendió el silencioso motor y los cinturones de seguridad se ataron a los cuerpos de los tres de manera automática. El auto, con una voz varonil, le preguntó si quería conducir o lo haría de modo autónomo, a lo que el candidato respondió: «Llévanos a la guardería». El auto inició su recorrido y entonces el candidato aprovechó para virar su asiento y quedar de frente a las niñas.

—Chicas, más tarde pasará su madre por ustedes y no las veré hasta el lunes. Este domingo es el día de las elecciones y recuerden que, si es voluntad del pueblo y de nuestro Señor, seré electo presidente de la república, por lo que no las veré en estos días y después lo haré con menos frecuencia.

Las pequeñas se miraron una a la otra, extrañadas por las palabras de su padre, pues en los últimos meses él había estado ausente. La campaña, los mítines, las reuniones con sus equipos, ruedas de prensa, reuniones con empresarios, periodistas u otros pastores, así como los encuentros con la ucraniana y otras actividades propias de un candidato lo mantenían alejado de su familia, pero compartía con ellas cada momento que podía. En los últimos días lo veían más en televisión que en persona.

Tres veces candidato a la presidencia y veinte años como pastor le habían cambiado la forma de pensar y de ver la vida a aquel niño, alguna vez católico, salido de un oscuro barrio del sur. Inclusive, le habían modificado su léxico y manera de hablar. Tres veces había perdido la presidencia por pocos votos; los partidos con ideas más liberales se habían unido y así evitado que llegara a la *Casa Azul*, como llamaban a la Casa Presidencial, ocupada cada cinco años por quien llevaría el país hacia el progreso siempre prometido y, a la vez, esquivo.

Realmente, el desarrollo del país no era acelerado, pero tampoco inestable como otros países, incluso los europeos. A pesar de las dos últimas pandemias, se había logrado mantener la estabilidad política, económica y social. Las plagas virales habían demostrado una y otra vez que no existía la solidaridad humana; habían deshecho la unida comunidad europea. Las potencias mundiales continuaban siendo las mismas, cada una con su estilo de expoliación; y los países pobres, cada vez más enterrados en sus pestilentes mares de corrupción, hambre e ignorancia.

El primer virus se había enconado contra los ancianos y el segundo contra los niños. El Dios del candidato había castigado al mundo por su pecado, por haberse alejado del camino del Señor, por haber seguido los caminos de Sodoma y Gomorra. Esta explicación le había generado un caudal de fieles en su iglesia al igual que un torrente de votos en las últimas elecciones. De ninguna manera pudo explicar por qué sus colegas pastores, sanadores de cuerpos y almas, no habían podido curar a ninguno de los enfermos graves atacados por los virus. Para su suerte, nadie se lo preguntó.

Al parecer, en algo fallan estos poderes cuando se tratan de sanar enfermedades infecciosas. Algo hay en el ADN de bacterias y virus que impide el paso de las ondas curativas. Ni siquiera los papas o algunos de sus santos pudieron hacer milagros para salvar a sus fieles de la peste negra en el siglo XIV. Los chamanes americanos que, con la intercesión de Sibö y otros espíritus, curaban muchas enfermedades, tampoco pudieron con la viruela, el sarampión o la tuberculosis traídas por los cristianizantes españoles. De la misma forma ocurrió en las pandemias de la década pasada, del 2020 y del 2029, pues ningún hacedor de milagros pudo salvar a enfermo alguno. Por el contrario, fueron ellos los primeros en cuarentenearse en sus mansiones, donde no les faltó nada y sus cuentas bancarias continuaron engordando con los diezmos que recibían.

De hecho, los únicos milagros contra las enfermedades infecciosas parecían ser los antibióticos y las vacunas.

Todos esperaban el escrutinio final de los votos. El Máximo Tribunal de Elecciones daría un único resultado final en cinco minutos. El pastor-candidato pronto saldría a la tarima instalada en la plaza central de un populoso barrio de la ciudad capital. Alrededor, varias pantallas gigantes reflejaban su imagen y cualquier movimiento para que los miles de seguidores no perdieran ningún gesto o palabra de su líder. Tres veces había estado en la misma condición y los resultados le habían sido contrarios. Tres veces había perdido por lo mínimo. Tres veces había acusado al Máximo Tribunal de Elecciones de amañar los números, pero no había podido demostrar nada.

Jehová le había dicho en sueños que sería el líder de todo un pueblo que lo seguiría por la ruta de la Única Verdad. No esperaba perder esta vez, las encuestas estaban a su favor. Por aquello de las dudas, él tenía un plan para hacer cumplir los designios de su Señor.

El pastor-candidato tomó la palabra después de que lograra acallar los gritos de júbilo cuando él apareció en el estrado:

—En pocos minutos sabremos los resultados de estas elecciones. En pocos minutos, hermanos compatriotas, este país volverá a ser soberano, a ser libre, no porque hayamos sido invadidos por ningún otro país, no, nada de eso. Seremos soberanos porque nos libraremos de ideologías que han usurpado nuestro país, traídas por algunos políticos; ideologías extranjeras que van en contra de nuestros principios y valores. Seremos nuevamente soberanos y los valores de integridad, los valores de la familia volverán a guiar el rumbo de nuestro país y el Espíritu Santo bajará sobre esta tierra bendecida por el Señor. Seremos libres, porque Él dijo: «Conoceréis la verdad y la verdad os hará libres. Porque la verdadera libertad es hacer la voluntad de Dios. El hombre sin Dios es un esclavo, un esclavo de sus pecados».

El pastor hizo una pequeña pausa y miró como sus palabras hacían gritar a sus partidarios, quienes, a pesar del frío del mes de julio, se aglomeraban en aquel lugar. Le recordaban aquellos cultos donde hacía a la gente murmurar frases glorificando a Dios para luego pasar a dar gritos y saltos y, en muchos casos, llegar al éxtasis hasta desmayarse. Sabía que muchos de sus seguidores se desvanecerían esta noche si el recuento final les era favorable, les quitaría la respiración y caerían arrastrados por un tsunami de felicidad.

Su esposa había dormido a las niñas y ahora se dirigía a la sala para ver los resultados en la televisión. Estaba muy nerviosa y pronto, frente a la pantalla, se pondría aún más angustiada. Los nervios la hacían sudar mucho; por eso aún no se había puesto el pijama. Vestía su ropa de día: vestido café oscuro, largo hasta los tobillos, que hacía juego perfecto con su piel blanca, y no usaba maquillaje como dictaban las reglas a seguir por la esposa de un pastor. Era alta y su cabello castaño, largo y suelto, caía sobre su cintura.

Ya sea que ganara o perdiera su esposo, ella tomaría una ducha para refrescarse antes de meterse a la cama. No estaba en ese momento al lado de él, pues habían llegado a ese convenio. Se había mantenido lejos de los mítines, pero, en conferencias de prensa y en las fotos para los medios siempre aparecían juntos al lado de sus hijas.

Triunfara su esposo o no, ella sabía que esa noche él no dormiría en casa; la celebración, si ganaba, o la reunión con su equipo, si perdía, lo harían llegar hasta horas avanzadas del próximo día.

Mientras tanto, en su casa Kalyna tomaba un vino tinto que, con su tonalidad rubí, hacía competencia con el color de sus carnosos labios. Había terminado la primera copa y ahora le pedía a su dispensador automático que le sirviera la segunda. Concluido el reportaje que estaba viendo en la televisión, miró la hora y dio la orden de cambiar el canal para ver los resultados. Además, pidió a la pantalla *Samsung ultraslim 27* que se hiciera más grande e hiciera un acercamiento. Quería ver bien la imagen de su amante al recibir las noticias.

Ya sea que ganara o perdiera su amante, ella se tomaría otra copa. Se soltaría los tres moños con los que había peinado su cabello. Aunque no podía salir con su amante, algunas tardes salía a tomar un café. Se vestía, se maquillaba, se peinaba como si fuera a una fiesta. Se ponía sus mejores vestidos cuya falda escasamente llegaba a su rodilla y que dejaban ver parte de sus torneados muslos. Sus pantorrillas eran resaltadas por zapatos altos, no aptos para las aceras destruidas, que no le impedían usarlos de todos modos.

Después de caminar un par de cuadras haciendo malabares de equilibrista, llegó al Mall de las Rosas. Le encantaba ir a medirse vestidos; siempre terminaba adquiriendo un par. En sus roperos no cabía uno más. Tenía tantos que, algunas veces, cuando quería uno, una *app* le recordaba que ya lo había comprado antes. Le encantaba comprar de esa manera: entraba a la tienda y se colocaba frente a un espejo conocido como *fashionmirror*.

Ella escogía el vestido de un catálogo que se desplegaba en una delgada tableta suministrada por el dependiente de la tienda. Deslizando el dedo sobre la pantalla, escogía un vestido, lo que la llevaba a una nueva página con diferentes versiones de la prenda; unos más cortos, otros más escotados. Podía variar el color y, cuando se había decidido por uno, rozaba con el dedo la imagen del vestido seleccionado. En ese momento, ella se miraba al espejo y éste le reflejaba su figura con la prenda puesta; si se daba la vuelta, podía ver cómo le quedaba por detrás.

Así pasaba horas, probándose ropa virtual con la falda más corta, con la espalda desnuda, con menos escote y al final se decidía. El dependiente le tenía paciencia, pues sabía que ella siempre compraba. Después de seleccionado el vestido, pasaba su dedo índice por la pantalla y de esa manera se cobraba en su cuenta el precio de la prenda. Al otro día, el vestido le llegaría a su casa. Ella se lo pondría y le quedaría exactamente como la imagen reflejada por el *fashion-mirror* de la tienda.

Después de comprar ropa, salía a tomar un café en su cafetería preferida. Siempre ordenaba lo mismo, por lo que el dependiente, al verla sentarse, le llevaba su café negro amargo con una cucharadita de azúcar, acompañado con una tartaleta de fresa. Ella sacaba su libro de papel, de los que cada vez había menos, y leía por lo menos durante una hora. Le gustaba sentarse en las mesas más exteriores para cruzar las piernas y lucirlas a los pasantes. Al cabo de una hora, tomaba el último sorbo de su segunda taza de café, aún caliente, pues aquélla estaba fabricada con *termocerámica* que mantenía su contenido siempre temperado. Pasaba su dedo índice por la pantalla de cobro de la cafetería y así pagaba.

Los *nanobiochips* instalados en el dedo no sólo servían para hacer pagos que, en el caso de ella, se cobraban a la cuenta del señor candidato, sino que también sustituían la cédula de identidad y la licencia de conducir de plástico, pues en ellos se podía almacenar mucha información de una persona. En el caso de ella, por estar aún ilegal en el país, sólo contenía los datos de la cuenta del pastor-candidato.

Triunfara su amante o no, ella tomaría una relajante ducha, se pondría un pijama de una pieza, transparente y sexy, para esperar al pastor-candidato, para celebrar con él o para consolarlo.

Ella tenía serios problemas de sentimientos encontrados, pues lo amaba y lo quería ver feliz, pero no comulgaba con sus ideas. No se quería ni imaginar qué podría acontecer si el pastor-candidato llegara a ser presidente.

Esa noche, ya de madrugada, lo consoló entre sus pechos mientras le acariciaba su cabeza y lo escuchaba decir que el pueblo se equivocaba, pero Jehová no, por lo que ya era hora de ejecutar de una vez por todas su plan, que también era el Plan del Señor. Esa noche, el pastor-excandidato durmió tranquilo entre aquellos senos tibios y humedecidos con sus lágrimas.

Ella no logró conciliar el sueño pensando acerca de qué se trataría el proyecto que su amante tenía en mente.

Capítulo IV
María Paula y Carlos

La relación empeoró cuando Carlos quiso llevar a los hijos al culto. María Paula le dijo a su marido que no deseaba que los niños fueran introducidos en ninguna religión; así, cuando fueran adultos, podrían escoger. El acuerdo lo habían tomado cuando se casaron, pero él lo estaba rompiendo.

Ella no era muy alta, más bien promedio. Su piel era algo oscura y su cabello ensortijado hacía recordar a sus abuelos que emigraron del Caribe a la capital en el siglo pasado. No era delgada, pero tampoco obesa, a pesar de que no tenía tiempo para ir al gimnasio. Sí cuidaba muy bien de su alimentación, lo que la mantenía en su peso ideal.

Sus ojeras y la pérdida de brillo de su piel denotaban las largas horas de trabajo que no le permitían dormir por el tiempo adecuado ni exponerse a los rayos de sol.

Carlos era pálido de nacimiento, su tez blanca como el queso fresco y sus ojos verdes, que nadie nunca supo explicar, pues sus padres no tenían ese color de ojos. Conoció a María Paula en la Escuela de Contadores donde estudiaban y, poco después de graduarse, se casaron. En aquel tiempo tenían mucho en común; provenían de familias de clase baja, habían tenido que hacer un gran esfuerzo para trabajar y estudiar. Les gustaba leer, la playa, ir al cine o a comer fuera cada vez que la economía se los permitía y no profesaban ninguna religión.

Pero mucho había cambiado. Ahora, varias noches por semana, él llegaba tarde porque había asistido al rito en la iglesia del pastor Mario. Ella lo esperaba despierta después de dormir a los niños; se acostaba tarde, pues llevaba trabajo para terminar en casa. Laboraba en una empresa de contadores y, aunque ella era una de las que más trabajaban, recibía un salario menor; se aprovechaban de su condición de mujer y madre.

Las finanzas de Carlos no eran malas; era dueño de una pequeña pero lucrativa empresa de construcción. Además, reportaba muy poco a Hacienda y hacía sus triquiñuelas para muchas veces reportar pérdidas. Al fisco no le pagaba nada, pero a su iglesia sí le entregaba un oneroso diezmo.

Él no era violento, pero se enfureció al enterarse, después del segundo hijo, de que ella se había operado para no tener más. No la golpeó, pues en aquel momento ella tenía el bebé en los regazos, pero se desquitó con la mesa, arrojando todos los platos al suelo. La furia se debió a que el pastor de su congregación le había demostrado cómo en la Biblia estaba claramente escrito que una mujer debía tener todos los hijos que Jehová así dispusiera. Al haberse cortado las trompas, ella había cometido un gran pecado y, de alguna manera, lo había hecho pecar a él también ante los ojos de Dios.

La relación terminó del todo cuando María Paula se enteró de que Carlos, en lugar de llevarlos al parque metropolitano, los llevaba al culto de su iglesia; le pidió que se fuera de la casa. De todas maneras, su vínculo marital había caído desde hacía mucho tiempo. Ya no salían al cine ni a la playa. Mucho de lo que hacían anteriormente resultaba ahora pecaminoso para él.

María Paula había crecido en una familia católica; no obstante, con el tiempo se alejó de la Iglesia. Creía en Dios, pero no seguía ningún rito. No creía en la confesión y perdón de los pecados, tampoco en sanadores ni en esos que hablan mil lenguas, menos aún que debiera pagarse un diezmo.

Ella tenía su manera de pensar; por ejemplo, creía en la evolución de las especies y que la historia de Adán y Eva era un mito del pueblo judío antiguo que se había usado, entre otras cosas, para oprimir a la mujer. Casi le da un patatús durante una sobremesa cuando su esposo manifestó haber sido muy tonto todo el tiempo al creer en la evolución. Así que ahora creía fielmente en la Palabra y admitía todo el relato de la Creación, mientras consideraba que lo de Darwin y la evolución eran puras patrañas. Realmente, ella no comprendía en qué momento fue cambiando tanto.

Ella llegó a especular que, en su congregación, él habría podido encontrar otro 'amor' que sí lo entendiera. No sería raro, pues estaba segura de que en su grupo debía de haber igual cantidad de pecadores e hipócritas como en todas las iglesias y religiones.

Carlos se fue en enero; lo hizo unos meses antes de que se diera la Gran División. Tomó sus maletas y alquiló un apartamento al otro lado de la ciudad. Ella pidió una pensión por los hijos, pero él se negó a dar ni un centavo. Por suerte, en ese aspecto, en el país las leyes son rápidas y lo pudo llevar pronto ante el juez de familia. Pero las cosas no salieron como ella habría querido.

Debido al hecho de que su empresa supuestamente generaba pérdidas y el salario reportado era muy bajo, el juez aprobó una cantidad mensual ínfima. Por más que ella interpeló que la empresa era muy rentable, que con sus habilidades de contadora podría demostrarlo, y que él daba un diezmo muy alto a su iglesia, no pudo convencer al juez, pues la empresa de su esposo ante Hacienda reportaba exiguas ganancias y, por supuesto, no existía ningún recibo de la cantidad que mensualmente daba a su pastor.

El régimen de visitas fue un problema, pues ella no quería que los niños, Vincent y Sebastián, que ya tenían dos y nueve años respectivamente, salieran con él, ya que ahora podría llevarlos a su iglesia o a cualquier otro lugar. El acuerdo fue que de domingo de por medio saldrían y los devolvería a casa a las siete de la noche.

Dos semanas después de la Gran División, Carlos recogió a los niños, llevándolos a paradero desconocido. Ella estaba segura de que se hallaban del otro lado. A pesar de todos los riesgos y la crisis imperante, intentaría recuperarlos.

Capítulo V
Viajes fructíferos

El pastor-excandidato viajó, en pocos días, más que un papa. Se reunió con muchos de sus colegas en el país Potencia del Norte, y sobre todo con muchos senadores y gobernadores de los estados del Cinturón de la Biblia. Todos ellos se comprometieron a cooperar tanto logística como económicamente. De manera secreta, se reunió incluso con el presidente de esta nación, Potencia del Norte, quien igualmente le ofreció su apoyo y lo puso en contacto con el ministro de defensa para que le ayudara en lo que fuera. La idea que le expuso ese pastor-excandidato de esa *Banana Republic*, le pareció muy atractiva.

El pastor-excandidato se alegró mucho al saber que, en los estados que visitó, se prohibía la enseñanza de la teoría de la evolución y se enseñaba solamente el creacionismo; la verdadera historia del Adán que fue el patriarca en el Jardín del Edén, la historia del pecado de Eva y la expulsión de ambos.

En uno de estos viajes, llevó a su familia y juntos visitaron el Museo del Creacionismo. Quedó impactado de cómo científicamente quedaba claro que el ser humano y los dinosaurios habían convivido en un mismo espacio y tiempo. Esto se demostraba con el fósil de *Allosaurio*, encontrado hacía pocos años, y que, según cálculos certeros, tenía una edad de 4.500 años, por lo que había cohabitado con la especie humana. Igualmente, se demostraba que en el arca de Noé también habían sido incluidos los dinosaurios. El museo había sido un éxito desde un principio; en su año de inauguración había recibido 400.000 visitas; ahora rondaba los 2.000.000. Por esta razón, se habían visto obligados a abrir varias sucursales.

El pastor-excandidato estaba muy feliz de haber abierto aún más su mente con todas estas verdades; las llevaría a su país y serían de enseñanza obligatoria en la comunidad que estaba a punto de fundar.

Después de sus sesiones en Potencia del Norte, volvió a su país y se dedicó a visitar sus correligionarios en los territorios del sur. Los principales diarios hacían referencia a las estadías del pastor-excandidato en la zona, inclusive mostraban fotos de él en caminatas por valles y montañas, acompañado de algunos extranjeros altos y rubios. Los periodistas nunca escudriñaron más profundo; de haberlo hecho, habrían descubierto que sus acompañantes no eran pastores, sino que se trataba de ingenieros del ejército de Potencia del Norte. Meses de reuniones y "paseos" dieron sus frutos.

La fecha sería el 10 de septiembre.

Los barcos llegaron a las playas del sur y, con ellos, desembarcaron cientos de tanques rápidos, helicópteros, maquinaria y muchos soldados.

La Gran División había iniciado.

Capítulo VI
La Gran División

El oso hormiguero tenía hambre. Caminó hacia el sur lentamente con sus torpes patas por entre la arboleda. Su cabeza pequeña, unida a su gran y largo hocico, no dejaba claro qué era cuello, qué era cabeza y qué era boca. Esta última terminaba en una mínima y desdentada abertura, un círculo de donde salía una extensa y pegajosa lengua preparada para atrapar cuanta hormiga o termita encontrara en su camino, aunque no despreciaría cualquier otro insecto; una descuidada mariposa o un pequeño y distraído coleóptero.

Alzó un poco la cabeza, lo cual le era difícil por carecer de un cuello definido. A pesar de su corta agudeza visual, divisó un termitero en lo alto de un árbol y lo escaló rápidamente. Se sentía más seguro y era más ágil en los árboles. A pesar de que su cola era muy peluda y esponjosa, le servía de aparato prensil.

Pronto se encontró con la gran pelota negruzca y comenzó rápidamente a destrozarla con sus fuertes garras mientras su lengua salía y entraba continuamente, recogiendo cuanta termita huía de aquel monstruo que destruía su sólido nido.

Las termitas soldado cubrían la retaguardia. Mientras algunas obreras huían, dejándose caer de lo alto en un proyecto de suicidio no planeado, otras obreras y soldados se adentraban en aquel castillo erguido en lo alto del árbol para proteger a la pareja real, padres de todos en aquel nido.

Todas las termitas compartían el mismo ADN, pero, por efecto de la diferente alimentación y de las hormonas producidas por los individuos –obreras, soldados y reyes–, las larvas acabaron desarrollándose como adultos con características propias de cada grupo.

Mucho tiempo antes de que a Huxley, así como a muchos fascistas y seguidores del darwinismo social y la eugenesia, se les ocurriera crear una población humana similar, la naturaleza ya lo hacía en algunas especies.

La lengua del oso hormiguero, cual peste pandémica, era democratizante, acababa por igual con todas las clases sociales sin ninguna distinción del caso.

Satisfecho del banquete, el peludo animal miró por unos segundos al horizonte. Todo era verde, un bosque interminable que le prometía cientos de castillos de hormigas y palacios de termitas para llevar una vida tranquila. Al fondo, el sol débil y descolorido huía buscando descansar. Esto le indicó al animal que debía encontrar un lugar adecuado para pasar la noche.

Al empezar el descenso vio un tepezcuintle pasar corriendo, persiguiendo una mariposa en lo que parecía un entretenido juego.

Descendió rápidamente y en un hueco de un grueso tronco se acomodó; colocó su largo hocico entre sus patas delanteras y cubrió todo el cuerpo con su espesa cola. Podría tener deliciosos sueños con hormigas y termitas, o pesadillas con jaguares y pumas, los únicos enemigos que había conocido.

Muy de mañana, un fuerte ruido lo despertó, sonidos que jamás había escuchado. Para él, eran desconocidos los ronquidos y los gritos de guerra que producían los motores de los *megatraktors* y los *hiperwalls*.

Los *megatraktors* eran gigantescas máquinas cuyas ruedas eran del tamaño de una casa de dos pisos; su sierra y sus pinzas delanteras eran tan poderosas que podían talar y romper la selva tumbando los árboles más fuertes en cuestión de segundos. Estos leviatanes mecánicos habían sido responsables de la rápida desaparición de muchas florestas en el mundo. A través del denso bosque iban rompiendo el alma de los árboles a una velocidad increíble, abriendo una herida profunda y dividiendo el bosque en dos tal como lo hizo Moisés con las aguas del Mar Rojo. Hacían desaparecer la vegetación y cuanto animal se interpusiera en su camino. Marchaban tan rápido como la horda de *panzers* sobre las planicies polacas durante la *Blitzkrieg*.

En cuanto a los *hiperwalls*, otras máquinas igual de monstruosas, iban detrás construyendo una muralla metálica de cinco metros de altura. La tecnología y el mercado para estos aparatos habían aumentado exponencialmente desde hacía unos años cuando un país quiso construir rápidamente un muro y separar a su vecino. Algunos continentes, con naciones otrora muy unidas, ahora estaban separados por murallas de este tipo. Líderes nacionalistas, xenófobos, separaron el mundo con muchas cortinas de hierro. Inclusive, dentro de un mismo país, zonas de alta alcurnia y aporofobia, habían hecho rodear sus barrios con paredes construidas con estas máquinas.

Ya totalmente despierto, el oso hormiguero corrió y lo hizo apenas a tiempo antes de que un ceibo le cayera encima. Huyó bajando una hondonada con rumbo norte, alejándose de aquellas criaturas grandes y ruidosas que jamás había visto. Nunca sabría el animal que haber escapado en esa dirección le había salvado la vida, pues, si lo hubiera hecho hacia el sur, otra suerte habría corrido.

Detrás de las dos monstruosas máquinas, un contingente de soldados se mantenía al sur de la muralla, vigilando que todo ocurriera sin percance alguno. Cada cierta cantidad de kilómetros, un escaso grupo se quedaba en el sitio. Hacían un pequeño campamento y, durante los meses posteriores, se quedarían alertas en aquellas tierras recién invadidas.

En cuestión de pocos días, la muralla había surcado su camino en una dirección de oeste a este, iniciando en una playa del Pacífico y atravesando las más altas montañas en el centro del territorio estatal, para seguir rumbo al sur hasta alcanzar el límite con el país fronterizo.

El Gobierno central fue tomado por sorpresa. Jamás nadie habría pensado que a alguien pudiera ocurrírsele semejante empresa contra un Estado que no tenía ejército. Lo único que pudo hacer fue reclamos al país Potencia del Norte, que había colaborado con sus máquinas y soldados para dividir el país en dos. Lo único que obtuvo fue muchas manifestaciones de apoyo hacia su Gobierno y otras muchas en contra del pequeño país *neoformado*, al cual no reconocían como legítimo.

La fecha en que se terminó de construir la muralla sería conocida en los anales de la historia como el Día de La Gran División, 15 de setiembre de 2035.

Desde ese momento, el pastor-excandidato dejó de serlo. Se asentó en la principal ciudad del sur, para entonces autodenominarse el presidente de la nueva nación, obedeciendo, según él, la voluntad de Jehová. Además, juró que velaría porque en ese lugar se cumplieran no sólo sus designios, sino también su ley.

Capítulo VII
La fuga

S ebastián y Vincent estaban bien dormidos en el asiento de atrás.

El auto subía por una carretera húmeda y serpenteante. La niebla era cada vez más densa y oscura, pero no lo intimidaba; se sentía seguro, pues su objetivo era claro: llegar al otro lado del muro donde colaboraría a levantar ese nuevo mundo.

La neblina era tan espesa que parecía que se solidificaría en cualquier momento. Cuando ésta besaba las hojas de los árboles, ayudada por el frío, se condensaba descendiendo por el verde anverso hasta convertirse en una gran gota de agua pura que caía lentamente al húmedo suelo del bosque. Aunque realmente no llovía, el fenómeno de transmutación acontecido en la superficie de las hojas hacía que bajo los árboles lloviznara continuamente.

La luz de los faros del auto se reflejaba en la pared de niebla y le impedía aún más divisar el camino, por lo que conducía a una velocidad muy baja. Odiaba esos autos antiguos –a gasolina y que no eran autónomos–, pero éste era el tipo de automóvil que se utilizaría en el nuevo país.

Se detuvo en una de las tiendas típicas de la zona; son sitios de parada obligatoria, ya sea para hacer alguna necesidad fisiológica o comprar algún dulce.

Carlos bajó del auto y quiso entrar, pero la puerta estaba cerrada. Se asomó por una ventana y vio el lugar vacío.

Entonces entendió: los principales clientes de estas tiendas eran transportistas que viajaban al sur y su afluencia ahora era mucho menor. Aquellas carreteras eran transitadas solamente por lugareños o personas como él que viajaban en busca de la tierra prometida.

De cualquier manera, bajó a los niños; primero a uno y luego al otro. Debajo de un paraguas los llevó a un poste cerca de la tienda, les ayudó a bajarse la jareta y dejar salir la orina que, al entrar en contacto con el ambiente frío, formaba una pequeña nube y hacía gracia a los niños.

Luego de dejar a los chicos en el auto, le correspondió su turno de ir a dejar salir su agüita amarilla que ya desde hacía varios kilómetros reclamaba su salida. Mientras tanto, pensó que aquél era un lugar muy particular. Si orinaba en ese poste, el contenido de su orina terminaría algún día en el océano Pacífico, pero si lo hubiera hecho al otro lado de la calle, terminaría desembocando en el mar Caribe. Era una de las peculiaridades de aquella montaña que dividía las dos vertientes.

Al continuar el viaje, después del profundo bosque, el tipo de vegetación cambió. Aunque la niebla no lo dejaba ver, ahí estaban: los arbustos pequeños, las cañuelas y los musgos característicos del páramo. En aquella región, la temperatura bajaba a tal grado que, por las mañanas, el sol podía encontrarse con miles de prismas de escarcha descomponiendo su luz en una paleta multicolor que alegraba el frío paisaje.

Llegó a la garita de la policía fronteriza con el nuevo país. Ahora llovía finamente, hacía viento y la temperatura había descendido aún más. Un hombre con una capa amarilla salió de su resguardo, se acercó al auto y le pidió la identificación y el salvoconducto.

Carlos bajó un poco la ventana y entregó los documentos al funcionario que se cubría con una sombrilla que quería ser libre, volar y escaparse con algunas de las ráfagas de viento que soplaban.

—Según este documento, usted es el señor Carlos Vargas.

Él asintió con la cabeza. El oficial prosiguió:

—Y esos niños dormidos ahí atrás. ¿Puede darme sus identificaciones?

—No las tengo conmigo. La verdad, no las traje.

—Lo siento, pero sólo con la adecuada identificación se puede entrar a nuestro nuevo país. ¿Y la madre de los niños?

—Ella murió hace unos años —mintió, pero pensó que lo hacía por una buena razón—. ¿Podría mirar más detenidamente el salvoconducto? —le pidió Carlos.

A pesar de que era mediodía, la oscuridad era tal que el funcionario encendió una linterna para ojear mejor los documentos. Él hacía malabares con sus dos manos para poder sostener la linterna, el paraguas y los papeles de Carlos. Al ver el sello y la firma del documento, su semblante cambió.

—Oh, ya veo. Disculpe, caballero, voy a abrir el portón para que pase. Le deseo una vida larga y plena en nuestra nueva tierra. No lo atrasaré más. Que Jehová sea con usted.

El oficial devolvió los documentos y se dirigió a la garita. Tomó la radio y llamó a los guardianes de la puerta. A continuación, le hizo a Carlos la indicación para que continuara.

El auto recorrió unos metros hasta llegar a la gran muralla, cuya altura y color metálico eran ocultados por la neblina. Pero ahí estaba, como una gran cicatriz que separaba dos mundos que hacía pocos meses eran uno solo.

Redujo la velocidad al acercarse, pues la calle era rodeada por dos hileras de soldados inmóviles, cual estatuas de Ares o Marte, que vigilaban el paso a la naciente república. Al acercarse al muro, el gran portón se abrió lentamente; los sistemas hidráulicos y los gigantes piñones rechinaron, anunciando la entrada de nuevos habitantes.

Ya del otro lado, se detuvo para prepararle un biberón a Vincent y darle un sándwich a Sebastián. Después, aceleró e inició el descenso por una carretera oscura y peligrosa.

«Las curvas, la naturaleza, el aire, la bruma… todo es igual a ambos lados de la muralla, pero las personas son diferentes y nos encargaremos de que sean mucho más diferentes a partir de ahora», pensó Carlos mientras tomaba las curvas pisando levemente el freno. Sonrió cuando recordó la cara de sorpresa del guardia al leer que su salvoconducto era firmado ni más ni menos que por el ahora pastor-presidente de la República En Gloria.

Éste le había prometido el puesto de ministro de vivienda del nuevo Gobierno. Aunque él aún no había tomado posesión del puesto, algunas de sus ordenanzas ya se estaban siguiendo. Por ejemplo, se habían eliminado las cruces de todas las iglesias y catedrales. Además, todas las imágenes esculpidas o pintadas de santos o vírgenes fueron destruidas sin contemplación alguna.

Pero Carlos no pudo ver ninguno de los cambios, pues, al entrar en un banco de niebla y por estar emocionado pensando en todas las grandes cosas que vendrían, no tomó adecuadamente una curva muy cerrada, por lo que terminó con su alma y sus huesos en un profundo barranco.

El arroyuelo se manchó de gasolina y de sangre. El motor murió, dando lugar al silencio del bosque que sólo fue interrumpido por el sollozo de dos niños.

Capítulo VIII
La persecución

El auto subía por una carretera húmeda y serpenteante. La bruma era cada vez más densa y oscura, pero no la intimidaba; se sentía segura pues su objetivo era claro: llegar al otro lado del muro y encontrar a sus hijos.

Su vejiga reclamaba a gritos que estaba a punto de estallar, pero en todo el camino no había podido encontrar alguna tienda o restaurante abiertos.

Al llegar a la garita del guardia fronterizo se detuvo ante la aguja. Éste se le acercó y le pidió el salvoconducto.

En un principio, mostró su dedo índice esperando que el oficial tuviera un lector del chip con sus datos. Al notar que el funcionario no tenía ningún equipo electrónico, lo que mostró fue su pasaporte.

—No, eso no señora. El salvoconducto es lo que yo necesito —le dijo.

—Señor oficial, no sé de qué está usted hablando, pero yo necesito ir al otro lado.

—Señora, para entrar al nuevo país, usted necesita un documento firmado por alguno de nuestros jerarcas.

—Mire usted, caballero —empezó muy pronto a perder la paciencia—, hasta hace poco cruzaba este lugar sin necesidad de ningún documento. Hasta hace poco éramos un solo país y necesito pasar, se trata de una urgencia.

—Señora…

Lo interrumpió con un grito de súplica.

—¡Entienda! ¡Mi exesposo se llevó a mis hijos sin mi consentimiento y estoy segura de que cruzó por este lugar!

El policía retiró la cabeza de la ventanilla del auto como para pensar una respuesta. Pronto se inclinó nuevamente para devolverle el pasaporte y decirle:

—Señora, son muchos los niños que han cruzado con sólo uno de sus padres, pero le puedo asegurar que nunca hemos dejado pasar a ninguno que no haya venido con los documentos respectivos en orden. Lo menos que quiere nuestra república es tener más problemas con nuestro antiguo Gobierno.

Ella cambió súbitamente de carácter. El ser firme en su solicitud no le había resultado, por lo que cayó en un momento de desconsuelo.

—Por favor, déjeme pasar, por favor. Apiádese de una madre.

Empezó a suplicar como lo haría toda madre que ha perdido a sus hijos. El oficial no se inmutó ante sus palabras. La niebla se disipó por unos segundos y pudo ver las dos hileras de soldados que resguardaban la altísima e infranqueable muralla.

Las lágrimas oprimían sus ojos, el corazón su pecho y la vejiga su abdomen. María Paula comprendió que este *round* lo había perdido. Preguntó cómo conseguir el tal salvoconducto. El guardia le explicó que la República En Gloria no era reconocida como nación independiente por el antiguo país, así que no tenían relaciones diplomáticas; ni siquiera un puesto fronterizo oficial. Por lo que la única manera de obtenerlo era ir con el pastor de la *Iglesia El Último Aviso* y que él se lo daría cuando demostrara que era digna de cruzar esa alta pared hacia la tierra prometida.

María Paula dio la vuelta y empezó a descender aquella carretera. Un par de kilómetros después, detuvo el auto bajo un árbol, se ocultó tras él y, acuclillándose, vació su vejiga. Lo curioso era que no llovía, pero debajo del árbol caían gruesas y frías gotas de agua que llegaban a su rostro confundiéndose con sus lágrimas.

Volvió a subir al auto, se secó la cara y arrancó el motor. En ese momento, un carro que subía lentamente se detuvo a un costado. Una mujer bajó la ventana y le preguntó si faltaba mucho para llegar a la frontera.

María Paula nunca había pensado en aquella pared como una frontera. Al igual que muchos de sus coterráneos, no entendía ni aceptaba que un pedazo de su país, un grupo de sus familiares, amigos y vecinos, hubiera querido separarse y fundar una nación aparte. El Gobierno seguía sin aceptar la división, pero ya varios países habían dado el apoyo comercial y diplomático a la naciente república.

Para no tener que gritar, la mujer descendió de su auto y se acercó a la ventana; volvió a formular la misma pregunta. María Paula le contestó que faltaba muy poco para llegar a la cumbre, evitando usar la palabra 'frontera'. Le mencionó que iba a necesitar un salvoconducto para poder pasar.

—Sí, yo lo tengo, eso no me preocupa. Lo tengo en el auto.

Era una mujer alta, blanca, con un vestido rojo ardiente como sus labios. La niebla se alejaba y el sol empezaba a asomarse poco a poco.

A pesar del frío, la mujer no utilizaba abrigo. Por el contrario, su vestido ajustado era corto con la espalda descubierta y un escote proyectado entre sus pechos blancos como montes cubiertos de nieve. María Paula no entendía cómo una mujer de ese estilo tenía papeles para ir al otro lado.

Le preguntó si podría ocultarse detrás de su auto para orinar, pues ya no podía contenerse. María Paula le dijo que sí y, por el retrovisor, observó cómo se agachaba y alzaba su falda. Miró luego hacia la guantera; ahí tenía un revólver que le hubiera comprado alguna vez Carlos. Nunca lo había sacado y mucho menos usado. Fue en un ataque de paranoia que le dio a Carlos cuando lo compró, porque las calles estaban muy peligrosas. Podría sacarlo, pensó; atacaría a la mujer y se apoderaría de su salvoconducto. Le arrebataría las llaves de su carro y la dejaría ahí; alguien ya la encontraría.

La niebla volvió a ocultar el sol titubeante, pero ella sí se encontraba muy decidida. Estiró la mano y abrió la guantera. Ahí estaba. Lo tomó. No se sentía muy segura de cómo se usaba, pero serviría para sus planes. Abrió la puerta y se dio la vuelta para encontrar a la otra en una incómoda posición mientras se subía los calzones. Observándola, le dijo:

—Disculpe, muchacha, pero le pido que alce sus manos y me acompañe a su carro.

Definitivamente, con sus lágrimas y voz temblorosa no intimidaba a nadie, pero la chica de rojo alzó las manos y caminó hacia el auto.

—Le aseguro que no tengo mucho dinero.

—No es dinero lo que busco. Deme su salvoconducto y…

No pudo terminar la frase, pues todo se oscureció.

Despertó tendida en el asiento trasero de su auto, con la rubia de labios rojos a un lado, sosteniendo el arma cerca de su cuello.

A María Paula le dolía la cabeza y sentía la sien derecha adolorida.

—No se mueva señora —dijo la rubia, con acento extranjero y voz grave pero melodiosa—. Disculpe el golpe que le di, pero no estoy acostumbrada a que me amenacen —concluyó, mientras le daba un pañuelo para que se limpiara la sangre que salía de su oreja rota.

Al alejarle la pistola del cuello, notó que empezó a llorar. María Paula le explicó, entre sollozos, por qué necesitaba pasar al otro lado. La rubia bajó del auto de María Paula y fue al suyo; trajo de vuelta más toallitas y una botella de agua que le dio al sentarse a su lado.

María Paula bebió dos grandes sorbos que le aclararon la voz para continuar charlando.

—De verdad, espero que me entienda. Yo no quería hacerle daño, pero estoy desesperada.

—Claro que la comprendo, pero espero que usted también entienda que yo necesito cruzar. Para mí es muy importante. Lo que le puedo aconsejar, pues lo he escuchado por ahí, es que vaya a la *Iglesia El Último Aviso*, pues es como la embajada no oficial del nuevo país.

María Paula se sorprendió de la naturalidad con la que la extranjera había tomado lo sucedido. Parecían dos amigas, María Paula disculpándose por haber intentado asaltarla y Kalyna disculpándose por el golpe que le había dado.

La niebla, con su juego interminable, volvió a ocultar el sol mientras que la temperatura iba bajando.

Salieron del auto y se dieron un abrazo de despedida. María Paula vio el auto alejarse entre la niebla subiendo la siguiente curva.

María Paula se miró en el retrovisor; solamente tenía una herida en la oreja. Un golpe certero en la sien la había dejado inconsciente por no sabía cuánto tiempo.

Si no había podido pasar al otro lado en ese momento, lo intentaría después de otra manera.

Capítulo IX
Un nuevo país

Kalyna llegó a la garita, donde casi derribó la aguja debido a la poca visibilidad causada por el manto de niebla y a que su mente estaba distraída pensando en lo ocurrido. El centinela se acercó y le pidió que bajara el vidrio. Con la linterna alumbró los asientos de atrás y luego se sorprendió al iluminarla a ella y ver aquel escote y aquellas piernas. Anonadado, el oficial le pidió el salvoconducto, tartamudeando. Ella estiró la mano y tomó del asiento su bolso Gucci.

Mientras tanto, el hombre pensaba que no era posible que una mujer como aquella tuviera el documento necesario. Eran miles las personas, familias enteras, que habían pasado por aquel puesto de vigilancia, pero jamás una mujer como ésta, que no tenía nada que ir a buscar al otro lado.

Incrédulo quedó al ver el salvoconducto que ella le extendía y percatarse de que estaba firmado por el mismísimo pastor-presidente. No podía creerlo; pensó comentarlo con sus superiores, pero mejor no lo hizo, pues podría meterse en problemas. Al contrario, la atendió lo mejor que pudo:

—Después del portón empieza el descenso a Nueva Jericó. Tenga mucho cuidado, pues son muchos kilómetros de curvas peligrosas; ya han sucedido varios accidentes. Usted sabe, la gente se acostumbró a los automóviles autónomos y aquí las señales de internet y de satélites no funcionan. Así que tenga precaución bajando; hágalo despacio y con los ojos muy abiertos.

Kalyna se imaginó que sería por lo alejado y agreste de aquel lugar que las señales de internet no funcionaban. Por un segundo, meditó que no podría vivir sin su teléfono inteligente ni sus series de *Netflix Reloaded 3D*. Sus pensamientos fueron interrumpidos cuando el guarda le deseó buen viaje y le dio la bienvenida al nuevo país. Ella sacó un chocolate, se lo pasó al oficial y se despidió agradeciéndole mucho la atención.

Kalyna avanzó por aquella carretera a baja velocidad, a pesar de que la densa niebla se había esfumado y, al recorrer la ruta, le dio la impresión de haber entrado a otro mundo, pues todo era luz y colores, el cielo celeste y la selva verde con flores amarillas y lilas por el camino. A lo lejos, en algunas curvas, podía ver el extenso valle que sería su nuevo hogar. La velocidad a la que conducía era baja, no sólo por la interminable seguidilla de curvas, sino porque su pensamiento continuaba sumergido en el trance que había sufrido con la desesperada mujer de piel y pelo negros.

Sabía que sus horas de gimnasio y de lecciones de defensa personal le habrían de servir algún día. Tal vez una noche oscura, regresando a su casa, contra algún criminal. Jamás imaginó usar sus conocimientos y habilidades tantas veces practicadas ahí, en medio de la nada, en contra de una nerviosa y asustada madre.

Otra razón que causaba que descendiera lentamente era que hacía mucho no conducía un automóvil con el autónomo desconectado.

Llegó al hotel *El Verano Azul* en el centro de Nueva Jericó y preguntó si había una habitación reservada a su nombre. El recepcionista le dijo que sí y le advirtió que, si luego deseaba salir a caminar, no lo hiciera con la indumentaria con la que vestía en aquel momento, pues la policía la podría arrestar. Ella se mostró incrédula. Él, notando su vacilación, entró a la oficina y volvió con algunos papeles.

—Estimada señora, en este panfleto encontrará las normas de vestimenta para las mujeres; puede dejárselo. En este otro libro puede leer todas las reglas generales de convivencia en este país. Suba pronto a su habitación, por favor, no sea que alguien se escandalice o ya haya llamado a la Policía de la Moral —dijo el recepcionista, mirando nerviosamente alrededor.

Kalyna pidió ayuda para bajar todo su equipaje y preguntó por la clave de wifi del hotel. El recepcionista le mencionó que en el nuevo país la internet estaba controlada y que los teléfonos solamente se usaban para hacer llamadas, enviar mensajes de texto y usar dos aplicaciones; le dio el nombre de las dos y le explicó que una era para leer el noticiero oficial del Estado y la segunda para escuchar la Palabra diaria.

El recepcionista le pidió el teléfono para cargarle ambas aplicaciones. Al hacerlo, el sistema localizó todas las demás y se las borró, pues podía detectar todas las que eran consideradas prohibidas.

Llegó a su habitación, se desnudó y se tiró en la cama a ojear el folleto. Quedó sorprendida de lo que leyó. El documento ordenaba que las mujeres no podían usar pantalón, solamente vestidos o faldas hasta los tobillos. Las blusas tenían que ser de media manga o manga larga, con el cuello redondo; no era permitido ningún tipo de escote. No se podían usar estampados, solamente telas lisas. Las solteras podían usar variaciones de amarillo, verde limón, naranja y rosado. Para las casadas estaban reservados los colores azul, verde y café, en tonos pastel. Las viudas usarían sólo el gris y el negro.

En cuanto a las divorciadas, usarían los mismos colores que las viudas, pero pronto esta población disminuiría y llegaría a cero, pues en el nuevo país estaba prohibido el divorcio. Usar prendas de color rojo era ilícito. Los zapatos debían ser bajos, de color negro. Todo tipo de maquillaje estaba prohibido y el cabello debía ser corto, nunca llegar a los hombros. Los colgantes y aretes estaban prohibidos; los únicos anillos aceptados eran las alianzas matrimoniales.

Al terminar de leer las primeras páginas, colocó el panfleto a un lado y miró su maleta. Hurgó unos segundos por su mente y llegó a la conclusión de que no había empacado ni una sola prenda que cumpliera con aquellos requisitos.

Tenía que hablar con él. Lo amaba, pero seguir aquellas reglas le parecía inaceptable. Si él no le daba buenas razones o la convencía de alguna manera, no se quedaría y se devolvería al otro lado. Tomó el libro *Reglas generales de convivencia*, lo puso en la mesa de noche y buscó en su bolso el teléfono para llamarlo. No tenía señal y no vio ninguna aplicación conocida.

Si hubiera leído el libro completamente se habría dado cuenta de que a nadie le era posible salir del nuevo país y mucho menos a una mujer.

Tomó el teléfono fijo de la habitación y llamó al número que le habían proporcionado en la *Iglesia El Último Aviso*. Se conectó la contestadora de voz y dejó un mensaje: *«Ya estoy en el hotel»*.

Horas más tarde, un taxi estacionó frente al hotel y su chofer, un hombre con gorra de los Yanquis de Nueva York, bigote y barba, subió a su habitación.

Capítulo X
Protección del ambiente

E l tepezcuintle salió perezosamente de su cueva entre las enredadas raíces de un sotacaballo. Caminó hacia el río y se dio un chapuzón en las cristalinas y frescas aguas. Este animal es el roedor más grande de estas tierras y, aunque su nombre significa "perro del bosque", no tiene ningún parecido con los canes; más bien parece una mezcla entre la cobaya y el cerdo. Fue perseguido por generaciones de humanos por su deliciosa carne, pero ahora estaba seguro en este lugar. Sus enemigos naturales son los jaguares, de los cuales huye construyendo cuevas con varias salidas. Una de estas salidas, por lo general, desemboca cerca de un río, pues son excelentes nadadores.

Al salir del agua se la encontró; era la mariposa más grande y bonita que había visto en su vida. Su vuelo era majestuoso y sus colores vivos. De seguro que era extranjera en estas tierras, pues jamás se había encontrado una mariposa como ésa. El colorido insecto continuaba con su vuelo sin rumbo hasta que decidió posarse a tomar agua y refrescarse en las brillantes orillas del riachuelo que cruzaba aquella espesa selva. Aprovechó el señor tepezcuintle para acercársele.

La mariposa reaccionó elevándose por los aires, pues el tepezcuintle la había asustado. Ya un poco más tranquila, al reconocer que se trataba de un inofensivo animal, descendió otra vez. El gran roedor se le acercó y olfateó entre las alas de la confiada mariposa. Ésta emprendió nuevamente el vuelo para luego posarse en la cortísima cola del tepezcuintle, que empezó a correr en círculos persiguiendo su rabo tal como lo hacen los perros y la mariposa no se soltaba, aferrada con sus delicadas patas.

Después de juguetear por varias horas, ambos se detuvieron para seguir un delicioso olor que merodeaba el ambiente. Unas frutas yacían en el suelo, a la sombra de un frondoso árbol de caimito; tanto para el tepezcuintle como para el alado insecto, aquello era un manjar que había que aprovechar.

La mariposa extendió su trompa lamiendo el néctar de una fruta partida mientras que el roedor se las comía a mordiscos haciendo un ruido crujiente que quebraba el silencio de la selva.

Cada ala de la mariposa medía el tamaño de una mano extendida. El revés era de un color amarillo con manchas rojas mientras que el envés era café oscuro con una mancha en forma de un gran ojo de lechuza, ardid con el que le había provisto la naturaleza para asustar a sus enemigos. Llevaba media vida buscando un lugar para descansar y algún congénere con quien seguir la milenaria costumbre de perpetuar la especie. Venía de tierras muy al sur, de un lugar donde antes había muchos árboles, pero ya no; de donde el agua solía correr por mansos arroyos y gigantes ceibos. Sin embargo, ahora los riachuelos se habían secado y los monstruosos cuerpos de agua habían perdido su fuerza vital. Venía de donde alguna vez florecieron lindas orquídeas que ya no existían, de donde hubo abundancia de fauna que había huido y, la mayoría, perecido en el intento. Los animales tenían la suerte de poder caminar –algunos–, o volar –otros–, pero las plantas no podían moverse y habían sucumbido ante el hacha, la motosierra y el fuego, destructores de siglos de vida y biodiversidad.

En cuanto al tepezcuintle, muchas generaciones suyas habían huido por años de perros, machetes y balas, pero su vida ahora era mucho más tranquila desde que vivía en aquel lugar protegido; se trataba de un parque nacional. La mariposa creyó terminada su búsqueda y se quedó a vivir en el bosque del tepezcuintle.

Pocos meses después de la Gran División, el arroyo se secó; las orquídeas y los árboles desaparecieron. La mariposa voló alto sobre la gran pared y logró encontrar, al otro lado, un perfecto ambiente para seguir viviendo. Por el contrario, el tepezcuintle murió calcinado bajo el fuego que arrasaba la jungla para abrir espacio al cultivo de la piña y la palma africana.

«Sobre la base de la enseñanza bíblica acerca de la creación de riqueza, no debe haber preocupación por la conservación o protección de la naturaleza. Al contrario, un Estado ajustado a la Biblia debe promover el uso de la Creación para el bien de la humanidad, entendida como el desarrollo económico libre de restricciones ambientales. Además, el cuidado de la Creación debe verse como cuestión inútil. No tenemos que preocuparnos por el impacto de nuestras acciones en futuras generaciones porque todo arderá de todas formas, ya que Cristo está pronto a regresar».

Constitución Política de la República En Gloria,
artículo 46, "Sobre el medio ambiente".

Capítulo XI
En busca de un salvoconducto

El pastor de la *Iglesia El Último Aviso* era una especie de embajador de la República En Gloria. A su templo se acercaban todos los seguidores que, por motivos personales, no habían emigrado al nuevo y prometedor país. Él se encargaba de aclarar sus dudas y muchas veces los convencía de recoger sus ahorros y ponerse en camino a la tierra prometida. Antes de emprender la marcha, el pastor les extendía un salvoconducto y les daba una dirección a la que tenían que reportarse una vez que cruzaran. Además, no los dejaba aventurarse sin que antes no les hubiera conseguido una casa o apartamento y un trabajo. La economía del nuevo país marchaba viento en popa. El aceite de palma auguraba ser, a corto plazo, una de sus principales exportaciones. Además, muchas empresas transnacionales se estaban estableciendo en aquel lugar, debido a la amistad económica que el nuevo país había adquirido con gobiernos amigos.

La tierra fue nacionalizada, arrebatada a sus dueños, para luego repartirla entre empresas de capital nacional o, en su mayoría, de capital extranjero para que la hicieran producir. No importó si eran adeptos o no al nuevo gobierno; muchos patrones pasaron a ser empleados.

En un principio, hubo diferentes manifestaciones de personas en desacuerdo con la Gran División, con el despojo de las tierras, con la desaparición de derechos humanos que se consideraban inalienables. Todas las protestas terminaron igual, con violencia por parte de los nuevos aparatos opresores

LA MURALLA DE DIOS

del Estado y las grandes y nuevas cárceles llenas de ciudadanos sin juicio previo.

Toda esta información se ignoraba o no se publicaba en el país original. De todas maneras, María Paula estaba dispuesta a seguir el rastro de sus hijos.

Empezó a hacerse asidua de los cultos de la *Iglesia El Último Aviso*. El pastor se movía en el púlpito, era un artista del micrófono y de la palabra. Las paredes y los cristales de las ventanas crujían ante el poder con que vociferaba en contra de los impíos (no sabía qué significaba, exactamente), en contra de los pecadores, en contra de los hombres infieles («Como si no hubiera mujeres infieles», pensó ella) y en contra de los que consumían drogas («Como si todos los aquí presentes no estuvieran bajo la influencia de una especie de droga que flota en el aire, emanada de la boca del pastor», pensó de nuevo). Mucho esfuerzo debió hacer ella para no caer bajo la influencia de aquel ambiente que hacía a algunos gritar —llenos de gozo—, a otros llorar —con las manos abiertas, moviéndose a un ritmo igual al de las lágrimas que bajaban por sus mejillas—; otros caían arrodillados.

Ella solamente abría las manos, cerraba los ojos e intentaba no escuchar para no someterse a aquella extraña droga que, a diferencia de las demás, era inyectada por los oídos.

Ella pensaba que los candidatos ideales para ser 'convertidos' a una religión eran aquellas personas vulnerables, que están atravesando alguna crisis; personas con un estado emocional alterado, que han experimentado algún cambio importante en sus vidas; personas a quienes les ha pasado algo malo, que tienen problemas o que no están sanas, física o mentalmente; personas faltas de cariño, que se sienten solas, con problemas sentimentales o familiares; aquellos con problemas de dinero, acosados por las deudas o que han sufrido pérdidas materiales; individuos con dudas que buscan respuestas o, simplemente, personas hastiadas de la rutina y con deseos de cambio, que buscan entretenimiento, nuevas amistades o compañía.

Luego meditó que esas eran las características de la mayoría de las personas en algún momento de sus vidas, por lo que realmente, cualquiera podría caer presa en esta red.

Estaba convencida de que, al final de cuentas, la base de estas religiones era el miedo: miedo a la pobreza, miedo a la soledad, miedo a la rutina y, sobre todo, miedo al mítico castigo del infierno.

María Paula fue sacada de sus profundas reflexiones por la voz del pastor que, con un grito fuerte como un trueno, cruzó todo el edificio, alcanzando paredes, vidrios y cerebros; así retomó la atención de todos los presentes. Empezó el orador a moverse de un lado al otro, mientras ella lo seguía con la mirada. Su voz la fue poseyendo y comenzó a balancearse. Dijo que por su mano fluía el poder del Espíritu Santo y que, al tocar el hombro de la persona, ésta caería. Al frente, el pastor tocó a los que estaban en primera fila y éstos cayeron uno por uno, desmayados a sus pies.

Ella, consciente de que estaba entrando en una especie de trance y que, si alguien le tocaba el hombro, iba a caer desfallecida, se sentó, tapó sus oídos y, respirando lentamente, esperó a que el efecto de la droga le pasara.

Al terminar el rito, cuando salía por la puerta principal, fue interceptada por un hombre pulcramente vestido con saco y pantalón grises, zapatos negros, relucientes, corbata gris con finas rayas azules, y una camisa azul claro, como el color de sus ojos. Ella dio un paso atrás para poder alzar la cabeza y hablar con aquel hombre rubio y mucho más alto que ella.

—Disculpe, señora Pérez. Permítame saludarla. Soy Emerson Sanders, el asistente personal del pastor Ricardo Piñones ¿Nos brindaría unos minutos? Él quiere hablar con usted.

Por unos segundos no supo qué responder, pues ella apenas iniciaba sus visitas a aquel lugar con la intención de solicitar una cita con el pastor. Pero que fuera él quien tomara la iniciativa la puso nerviosa; aún no se sentía preparada para entablar una conversación con él.

En ese momento, un *Audi Xpatrol* negro se estacionó en la acera. Emerson abrió una puerta trasera y la invitó a subir. Ella accedió y luego él se sentó al frente, a la par del chofer.

El auto no se movía, por lo que el asistente personal explicó que el pastor se les uniría en unos segundos.

Efectivamente, un par de minutos después, el asistente salió del auto para abrirle la puerta al pastor, que se sentó junto a ella. El chofer preguntó qué rumbo tomar a lo que el pastor indicó que hacia el oeste, que llevarían a la señora Pérez a su casa. El pastor guardó unos segundos de silencio mientras su cinturón de seguridad se abrochaba automáticamente. Para ella, aquel corto tiempo fue suficiente para concluir que ellos sabían su nombre e incluso dónde vivía y que, tal vez, sabrían mucho más.

—Señora María Paula Pérez Baltodano, no me presento porque usted sabe quién soy. Pero, para relajarnos, le pido que nos llamemos por nuestros nombres. Yo la llamaré María Paula y usted puede llamarme Ricardo. De esta manera, la conversación podrá fluir más espontánea y amistosa.

Ella no se atrevía a mirarlo, ya que aquel hombre había ejercido un poder sobre ella desde el púlpito, por lo que miraba hacia el frente sobre el hombro del chofer.

—Primero que todo, María Paula, déjeme decirle que sabemos todo sobre su persona; sabemos todo sobre cualquiera que ha cruzado los umbrales de nuestra iglesia. Deseo manifestarle que no conozco bien sus intenciones, pero le tiene que quedar claro que, tal como dicen las escrituras, "son muchos los llamados, pero pocos los escogidos". Si usted lo que desea es un salvoconducto, quiero que sepa que no se lo daré. Tampoco se me ocurre por qué lo querría, pues es de nuestro conocimiento su ateísmo, su inexplicable negación de la existencia de Dios...

La conversación era realmente un monólogo, se había convertido en un sermón al cual ella ya no prestaba atención. Había aprendido a no escuchar y lo había puesto en práctica cada vez que estuvo presente en sus prédicas. Ahora miraba por su ventana pasar el tren urbano que transitaba en aquel instante por sus rieles aéreos.

Pronto llegaron frente a su casa en el momento que el pastor terminaba su alocución, sin que él hubiera detenido su verborrea y sin que ella hubiese podido decir algo.

—Por lo tanto, no intente continuar con su farsa; al Señor no se le engaña. Y, por favor, no vuelva a nuestros servicios. ¿Quedó claro?

Ella no esperó a que Emerson Sanders le abriera la puerta y, sin contestar ni despedirse, salió del auto y se dirigió a su casa. Puso su dedo sobre la manija del portón y éste se abrió; le ordenó a la puerta que se abriera y ésta obedeció. Dejó caer su bolso al suelo mientras la puerta se cerraba detrás de ella. Se lanzó sobre el sofá y rompió en llanto.

Afuera, un par de cuadras al sur, el asistente del pastor pidió al chofer que abriera la cajuela y sacó su *segway*.

—¿Se queda aquí, Sanders? —preguntó el jefe.

—Sí, señor. Usted sabe que vivo como a un kilómetro y quiero pasar por el minisúper a comprar algo para la cena.

—¿Todavía usted hace compras presenciales? —inquirió el pastor. —Ya todo es exprés, de seguro su refrigeradora inteligente habrá mandado a hacer la compra.

—Me imagino, señor, pero todavía no la he programado para que me compre chocolates.

Al terminar de decir esto, hizo un gesto de despedida, subió en su *segway* y avanzó hasta la esquina, donde dobló a la derecha.

—Schmidt, lléveme donde Hortensia —ordenó el pastor a su chofer.

Minutos después, María Paula rebuscaba en su bolso los pañuelos desechables para secar sus lágrimas. No tenía problemas con el maquillaje, pues al servicio no se podía asistir con ningún tipo de colorete o cosmético. Se sonaba la nariz cuando escuchó la voz de Virina, la computadora guarda-hogares.

—Un individuo se encuentra afuera solicitando su atención, pues desea entrar.

—Virina, deseo ver la imagen de la persona en la pantalla que está en la sala.

En muy pocos segundos vio que se trataba del asistente del pastor.

—Según el registro de imágenes nacional, se trata de Emerson Sanders —dijo secamente la voz de la computadora casera.

—Ya lo sé; lo conozco. Activa el audio —ordenó María Paula. Y, dirigiéndose al visitante, agregó: —Señor Sanders, ¿en qué puedo ayudarlo?

—Señora Pérez, tengo algo que contarle que le podría interesar.

No respiró por varios largos segundos. «¿Qué información podría ofrecerme este hombre?», pensó.

—María Paula, ¿está usted ahí? ¿Me escuchó?

—Sí, sí lo escuché —respondió rápidamente, como quien vuelve bruscamente a la realidad—. Pase usted adelante. Virina, abre el portón y la puerta; deja entrar al señor Sanders —terminó diciendo, mientras se arreglaba el cabello y terminaba de secarse las lágrimas.

Sanders entró por el portón sin descender de su *segway*, el corto sendero hasta la puerta estaba rodeado de rosales amarillos y rojos, muy bien podados, que se mostraban radiantes. Se detuvo unos segundos para olisquear una de ellas. Nunca lo había hecho; el perfume de las rosas es famoso, es un cliché en la literatura y en la poesía, pero muy pocos se han detenido a disfrutar, aunque fuera por un corto lapso, el aroma de estas consagradas flores.

Por la pantalla de seguridad, María Paula miró cómo aquel hombre detenía su avance por unos segundos para disfrutar del perfume de las rosas. Él no lo supo, pero con esa actitud se ganó la voluntad de la anfitriona de la casa. Ella pensó si no debería haber hecho algún alto en su vida para disfrutar de esos pequeños regocijos que ofrece la existencia y que no son tomados en serio, desperdiciándose.

Sanders dejó su *segway* a un costado de la puerta, donde se encontraba la anfitriona aguardando. Esperó unos segundos, dubitativo, mirando a los costados y al suelo.

—No se preocupe, ningún perro lo va a atacar. No tengo perros ni gatos; las rosas son mis mascotas. Muchos me preguntan por qué no tengo. Me creen rara; raros son ellos. Pero, pase adelante, señor Sanders. Vamos, entre, tome asiento —insistió María Paula, señalando un sillón mientras ella retornaba al sofá que poco antes humedecía con sus lágrimas.

—Doña María Paula, primero quiero explicarle que estoy aquí porque me interesa su bienestar y quiero ayudarle.

«Este maldito —pensó ella— ya va a pedirme algo a cambio de su ayuda para cruzar».

—Yo soy el encargado de la oficina de inteligencia, tanto del pastor Ricardo como del señor pastor-presidente del nuevo país. De manera que yo fui el que pasó la información sobre usted. Pero déjeme seguir —dijo, al ver la mueca de desagrado que estaba mostrando su interlocutora—. Yo la di incompleta, pues yo ya la conocía a usted más de lo que se imagina.

El rostro de ella cambió de desagrado a asombro. Hizo un ademán con intención de interrumpir, pero dejó que él siguiera hablando.

—Usted es la esposa de Carlos Vargas y quiere cruzar para buscar a sus hijos.

—¡Guau! —exclamó María Paula, aún más sorprendida.— En verdad que usted hace bien su trabajo de espionaje.

—La verdad es que en mi trabajo yo soy el mejor, pero, en su caso, lo que sé de usted es porque yo era un buen amigo de su exesposo Carlos; fuimos compañeros en la secundaria. Lo seguía mucho por redes sociales hasta que un día el decidió salirse de todas ellas.

Las expresiones en la cara de María Paula no cesaban de cambiar; ahora mostraba una mueca de miedo. Aquel hombre la conocía demasiado; nunca podría volver a sus hijos.

El hombre se acomodó en el sillón, sentándose ahora en el borde, como intentando acercarse para decir algo importante.

—Yo sé que Carlos se llevó a sus hijos, Sebastián y Vincent, y los pasó al otro lado. Quiero que sepa que él lo hizo pensando en el bien y el futuro de los niños.

—¿Qué dice usted? ¿Quién decide qué es bueno y qué es malo? Robarme a mis hijos solamente porque no creo en el dios de la religión que ustedes profesan. ¿Sabe el tamaño del dolor que sufre una madre a quien le robaron sus hijos? Porque eso fue un robo, un maldito secuestro. Y no me diga que usted tuvo que ver algo con eso, porque, si es así, le pediré que salga inmediatamente.

Aquella mujer, que se había mantenido callada, había arrojado las palabras con una furia repentina que iluminaba ahora su rostro. El escuchar el nombre de sus hijos la había transformado en leona furiosa.

—Perdón, no me malinterprete. No estoy justificando los actos de Carlos; estoy diciendo lo que él pensaba. Ahora le explico todo resumido para que se tranquilice. Al pastor le conté que no era una verdadera fiel a nuestro Dios y que no sabía qué la motivaba a visitar nuestra congregación, pero no le mencioné nada sobre Carlos ni sus verdaderas intenciones que, me imagino, son ir en busca de sus hijos.

—¿Y qué sabe de ellos? Vamos, si sabe algo por favor cuénteme.

—A eso iba. Yo mismo los he visto; están muy bien y ahora están creciendo bajo la tutela del señor pastor-presidente.

—¿Cómo? ¿Qué tutela? ¿Y Carlos?

—Señora, pocos minutos después de haber cruzado, Carlos tuvo un accidente y murió, pero sus hijos salieron ilesos —se apresuró a decir la última oración para ahorrarle a aquella madre un mal momento.

El silencio se apoderó de la escena por unos segundos y fue roto por ella que preguntó con voz entrecortada:

—¿En verdad los vio? ¿En verdad están bien mis hijos?

Sanders explicó con más detalle el accidente sufrido por Carlos y las circunstancias que habían llevado al señor pastor-presidente a tomar la decisión de adoptar a aquellos huérfanos: fortalecer su popularidad y tener hijos varones, pues sólo tenía niñas.

Ella escuchó detenidamente, controlando su respiración para no entrar en histeria. Cuando él terminó, María Paula respiró hondo y dijo:

—Sanders, no sabe cómo le agradezco la información que me ha dado —y buscó en su bolsillo el arrugado pañuelo desechable para secar las lágrimas que comenzaban a manar de sus ojos—. Pero, por favor, no les vuelva a decir huérfanos a mis hijos; ellos tienen una madre y ésa soy yo —afirmó de manera tajante.

—Discúlpeme por haber usado esa palabra. Tiene razón, no debí decirlo, pero fue el término que utilizó la propaganda para agigantar la imagen del pastor-presidente. Antes de que me lo pregunte, le tengo que decir que no le puedo ayudar a conseguir un salvoconducto. Lo que sí le puedo aconsejar es que aprenda a nadar. Suena raro, ¿verdad? Una gran y vigilada muralla divide los dos países, pero en el océano hay deficiencias. En la playa fronteriza hay buena vigilancia, pero ya mar adentro es diferente. Las lanchas patrulleras navegan muy lejos de la costa y, desde la orilla, no se mira tanto hacia el mar. Si usted nada un par de kilómetros alejándose del litoral, para no ser visible desde la playa, y luego continúa paralela a la costa, en algún momento podría volver a la playa sin ser vista por los policías de fronteras.

—Pero, señor Sanders, ¿no es más fácil para usted conseguirme un salvoconducto, que para mí convertirme en una nadadora de aguas abiertas? —replicó, agotando ya sus últimos cartuchos ante aquel hombre que parecía realmente dispuesto a ayudarla.

—No, no es así. Le aseguro que es muy difícil conseguir ese documento. El pastor Piñones los resguarda como un tesoro y solamente se los da a quienes él opina que lo merecen o por orden del pastor-presidente. Además, hay algunas profesiones que escasean del otro lado; a ese tipo de profesionales les da prioridad. Él ya la descubrió, por lo que le será imposible a usted obtenerlo. Además, podría ser que en el mercado negro consiga uno falso, pero, le advierto, si la descubren con ese documento falso, el castigo es muy fuerte. Al otro lado, la justicia se imparte de una manera muy diferente.

Después de unos dubitativos segundos, María Paula volvió a tomar la palabra.

—Disculpe, señor Sanders, que no le he ofrecido algo de beber. Le ofrezco un café, un refresco.

—No se moleste.

—Usted sabe que no es molestia, además hace tiempo no recibo visitas.

—Bueno, de ser así, con mucho gusto le acepto un café.

—¿Cómo le gusta? ¿Fuerte, ralo, negro, con leche, de Costa Rica, de Guatemala?

—Puede ser negro, fuerte, de Costa Rica y sin azúcar por favor.

María Paula se irguió un poco y alzó su voz:

—Virina, prepara dos tazas de café. Las dos de Costa Rica, negro, fuerte y sin azúcar —ordenó a su asistente virtual.

Pocos minutos después, a la sala llegó el olor de la aromática bebida preparada automáticamente por una de las funciones más importantes de Virina: la preparación del café.

María Paula fue a la cocina y volvió con dos tazas humeantes; las colocó en una mesita y le pidió a Sanders que se cambiara al sillón y se sentara más cerca de ella para que no le quedara tan lejos su bebida.

Él, atento a tan solícita invitación, se sentó en el sofá junto a ella, pero guardando una distancia correcta como lo sugiere la cortesía.

La conversación se prolongó lo que tardaron en beber con calma otro par de tazas del oscuro elíxir, acompañadas por unos pancitos recién horneados por Virina.

Los olores del pan y el café se mezclaban en aquella pequeña habitación, así como se combinaron los diferentes temas de conversación, todos muy diversos, aunque nunca retomaron el asunto con que había iniciado la plática.

Un par de horas después de haber llegado a aquel lugar, Sanders subió a su *segway* y se alejó por la ciudad sobre la cual empezaba a caer la bruma que recibía de forma triste a la cercana noche.

En contraste, su alma iba iluminada y feliz como la de un niño de doce años que ha compartido un helado durante el recreo con la niña que ama locamente, aunque ella no lo sepa.

Sabía que ese encuentro no podría repetirse, tanto por el bien de ella como de él mismo, que debería evitar este tipo de contacto, pues los espías también son espiados. Siempre le había gustado la esposa de su amigo Carlos y ahora aún más. Era una mujer linda, inteligente y él sabía que, si se proponía cruzar al otro lado, lo lograría.

Tampoco podría ayudarle, aunque así lo quisiera. No la volvería a visitar, pero después pensó que debió haberle informado más detalladamente sobre lo que encontraría al otro lado.

Dobló la esquina y se alejó, dejando atrás un *playground* que, décadas atrás, se llenaba de jubilosos niños y que ahora era sitio de reunión de adultos, donde armaban tremendas tertulias, hablando de sus mascotas que corrían y jugaban por el lugar.

Desde aquel día de su encuentro con Sanders, María Paula se convirtió en asidua visitante de las piscinas del barrio. Todas las mañanas, entrenaba dos horas antes de que saliera el sol y, de igual manera, dos o tres horas cuando la noche iniciaba. Pronto perdió la poca grasa que sobraba en su abdomen y la que colgaba de sus antebrazos se convirtió en músculo. La elasticidad y resistencia aeróbica se volvieron parte de su organismo. Su disciplina y tesón la mantenían preparándose físicamente para lograr su objetivo.

Aprovechando que sus labores de contadora las podía realizar virtualmente, inició con su teletrabajo desde la playa. Por esta razón, alquiló una pequeña cabina en la costa pacífica. Todas las mañanas, corría una hora por la fina y blanca arena.

Estudió los ciclos de las mareas y, cuando éstas lo permitían, se internaba en el mar. Cada día nadaba alejándose un poco más de la costa, su cuerpo se volvió torneado y musculoso, su piel tomó un color aún más oscuro y brillante. Entabló amistad con los surfistas del área, con quienes aprendió a domar las olas y a fumar marihuana.

Algunas veces, como parte de su entrenamiento, tomaba su bicicleta y llegaba hasta el punto donde la gran pared se erguía, cortando la playa en dos. Había un portón fuertemente vigilado. Éste había sido abierto hacía pocos meses para tener otro punto de comunicación entre ambos países.

En lo alto de la muralla se adivinaba la figura de uno o dos soldados que oteaban el horizonte con sus catalejos.

Llevaba seis meses completos en aquel lugar, lejos de la ciudad y cerca de la gente. Hizo más amigos de los que en toda su vida entera. Aprendió a vivir sin mucha tecnología. Se acostaba y se levantaba según el deseo de su cuerpo, sin escuchar la voz de Virina despertándola. Ahora cocinaba el pescado de muchas maneras diferentes; había aprendido a preparar un delicioso ceviche. Todas las mañanas preparaba su propio café. Aprendió el hábito de tomar cerveza y agradecer a la vida cada día mientras veía el sol naranja caer, agotado en el mar, cada atardecer.

No le gustó el periodo de vacaciones de final de año, cuando la playa se llenó de turistas. Una manada de capitalinos que venían a tomar el sol, beber y jugar con sus perros. En esos tiempos, las parejas con hijos eran cada vez más escasas.

Pronto empezaría la temporada de lluvias. Los ocasos, acompañados de celajes multicolores serían sustituidos por las lluvias interminables que iniciaban a media tarde y, muchas veces, se prolongaban hasta ya avanzada la noche, como si el mar no tuviera ya suficiente agua.

Una noche como ésas fue la que ella esperó: oscura y lluviosa.

* * *

Preparó su mochila, se la colocó a su espalda, dejó una nota en la puerta y caminó por la playa hacia las olas que rompían en la oscuridad. La fuerte lluvia ya la había empapado cuando ella se zambulló en la inmensidad de aquel tenebroso y profundo monstruo de agua.

Se adentró en el mar un par de kilómetros y luego nadó muchos más, esta vez paralela a la costa, para luego volver a la playa, ya en territorio del nuevo país, en terreno hostil, en el que ahora vivían sus hijos.

Capítulo XII
Promesas, promesas, promesas

Ella lo esperó como siempre lo había hecho: sobre el sofá, en ropa muy ligera y transparente que dejaba entrever su rubio pubis y sus rosados pezones. Ella no lo hacía para lucirse; se vestía así porque le gustaba. Con ese atuendo se sentía linda y cómoda. La gran diferencia en el encuentro de aquel día sería su humor.

Le pediría una explicación. ¿Por qué la había hecho venir a ese nuevo país, repleto de restricciones para las mujeres, sabiendo él que ella era una mujer libre, que jamás se podría amoldar a esas normas machistas y patriarcales?

Él tocó la puerta, avisando su presencia, y entró, pues tenía llave de la habitación. La encontró recostada sobre el sofá, leyendo un libro y con una copa de agua.

—Mi amor, ¿cómo estás? Venga mi preciosa a mis manos —dijo él, al tiempo que tomaba el libro y la copa para colocarlos en la mesita de sala, de modo que ella tuviera las manos libres para darse un gran abrazo.

Pero no hubo tal. Ella no se levantó. Cruzó los brazos y las piernas, manteniéndose sentada en un extremo del sofá, mostrando su enfado.

—Pero ¿qué te pasa mi amor? ¿No estás feliz de verme? Llevamos casi un año sin vernos.

Ella no contestó. Al contrario, cruzó una mirada de soslayo hacia el techo y luego hacia el suelo, sin verlo a los ojos. Él se sentó a su lado, posando una mano en su espalda y otra en su desnuda y blanca pierna. Kalyna le alejó la mano de su pierna y, de un salto, se paró frente a él. El pastor-presidente quiso ponerse de pie, pero ella se lo impidió con un suave toque.

—Quédate ahí sentado, cariño.

Con agilidad abrió las piernas y se sentó sobre las rodillas de él, quedando sus caras frente a frente. Le quitó la gorra de los yanquis y lo escrutó con una mirada inquisidora. Él, con una mano, sostenía uno de los hombros de ella y, con la otra, le acariciaba el cabello.

—Por supuesto que te extrañaba mucho. Estoy muy feliz de verte —dijo mientras le acariciaba la cara y luego rozaba sus labios con el pulgar—. Pero necesito que me expliques algo. Me deshice de todo lo que tenía, me vine con algunas prendas y muchos de mis libros. Ahora resulta que no puedo vestir como a mí me gusta, no puedo leer, no debo salir… ¿Acaso no puedo ser mujer? ¿Qué clase de sociedad has creado?

Terminó la pregunta, colocando ambas manos sobre los hombros de él, con la mirada fija en sus ojos, a pocos centímetros de los propios y guardó silencio.

El pastor-presidente no respondió inmediatamente; ella tampoco hablaba. Si Kalyna pudiera ver a través de aquellos ojos y hurgar en el cerebro de él, se daría cuenta de lo que pensaba: «¡¿Qué le pasa a ésta?! Debería festejarme, pues ahora soy el gobernante de un país entero. Claro que la amo, pero las cosas tenían que cambiar y tomar el curso natural. La mujer debía volver a su puesto habitual –el hogar, la cocina y los niños–, tal como lo ordenan las escrituras… y muy pronto serás la madre de mi hijo varón».

Pero ella no podía leer pensamientos a través de las córneas, por lo que se tuvo que conformar con la respuesta que salió de sus labios.

—Mi amor no te preocupes; todo saldrá bien. Yo soy el presidente de esta nación y tienes todo mi apoyo y protección. Además, me imagino que leíste el panfleto sobre las reglas generales de convivencia. Quiero que sepas que pronto será abolida. Yo no estoy de acuerdo con esas cosas.

—¿Me lo juras? Dime que me lo juras, por favor —dijo ella mientras sus labios se acercaban. Él nunca le había mentido; no tenía por qué ser la primera vez. Del sofá pasaron a la cama, caminando sin soltar sus bocas, que se deseaban desde hacía, según ellos, una eternidad.

Dos horas después, el taxista con gorra de los yanquis se alejaba en su auto rumbo al sur. En su mente revoloteaba una de sus premisas de vida: «No intentes ganar a la fuerza lo que se puede ganar con engaños».

Esa noche ella, antes de irse a la cama, se tomó su pastilla anticonceptiva. Había traído pocas y esperaba comprar más en alguna farmacia. Realmente confiaba en las palabras de su amante y esperaba que todo lo que había leído fuera una idea pasajera de algún político desquiciado.

Fue a abrir una caja de libros, pero estaban muy bien cerradas con cinta adhesiva. No tenía ganas de buscar un cuchillo o una tijera. Sobre la mesa de noche vio el libro *Reglas generales de convivencia*. Lo leería mientras el sueño se apoderaba de ella. Aconteció todo lo contrario, lo que leyó en aquel texto la mantuvo en vela toda la noche.

A primera hora de la mañana, escuchó a alguien tocar la puerta. Se asomó por la mirilla y vio a varios hombres vestidos de policía. Corrió a su cuarto y se colocó una bata sobre su delgado pijama.

—Sí, señores, ¿en qué les puedo servir? —dijo mientras abría la puerta lentamente.

—¿Es usted la señora Kalyna Kravchenko? —preguntó el oficial, quien venía acompañado de otros cuatro policías.

—Sí, soy yo.

En ese momento, el oficial empujó la puerta y, acompañado por su séquito, irrumpieron en la habitación.

—Soy el mayor Federico Méndez de la Policía de la Moral.

Kalyna había retrocedido al centro de la pequeña sala, donde se mantenía de pie. Su mutismo se debía no al miedo, sino a que sus neuronas cerebrales estaban muy enredadas intentando explicar qué era lo que ocurría.

—Señora, usted debe acompañarnos. En esta bolsa le traemos algunos vestidos y otras prendas para que se cambie; le damos diez minutos.

Ella no entendía, pero por experiencia propia en su país, sabía que la policía podía ser brutal. Estiró la mano para recoger la bolsa mientras preguntó:

—Oficial, ¿puedo preguntar adónde me lleva y por qué?

—La vamos a llevar a la Casa de las Mujeres donde son preparadas, en cumplimiento del programa Fuente de Vida, las mujeres de los pastores. Usted ha sido elegida por nuestro señor presidente para ser su nueva esposa.

—¿¡Cómo…!? —gritó Kalyna. Pero no pudo continuar, pues un golpe en sus costillas la hizo revolcarse de dolor en el suelo.

—No le golpeo la cara porque usted no puede presentar heridas. Usted es una mujer especial, pero la golpearé otra vez si se atreve a levantarme la voz o a desobedecerme.

Dos oficiales la levantaron del suelo y la llevaron al cuarto donde la dejaron junto con la bolsa que contenía la nueva indumentaria.

—Apúrese, que ahora le quedan solamente ocho minutos para que se cambie —dijo uno de los oficiales mientras cerraba la puerta.

Kalyna se tendió en posición fetal sobre la cama, postura en la que le dolía menos el golpe entre sus costillas.

No podía creerlo. Ella había leído sobre el programa Fuente de Vida –*Lebensborn* en alemán– que había sido instaurado por el propio Heinrich Himmler, líder de las SS. Era un programa que alentaba a los soldados nazis a procrear hijos con las mujeres arias de los países invadidos, todo con el fin de mejorar la raza. El programa contaba con guarderías para atender a los hijos producto del programa y planes de compensación financiera para las mujeres "rubias y sanas" de los países ocupados que 'accedieron' a tener hijos con los soldados. Muchos niños eran 'cedidos' por las madres que aceptaban los requerimientos del programa y otros eran directamente secuestrados. Esto había ocurrido sobre todo en Noruega durante la Segunda Guerra Mundial. Kalyna no se explicaba cómo podía estar pasando algo parecido en el trópico y después de un siglo.

Diez minutos después, la mujer abandonó el hotel para subir a un automóvil, acompañada de dos oficiales de la Policía de la Moral. No pudo ver cómo los demás policías sacaban de su habitación todos sus vestidos y sus libros, para subirlos a sus autos y llevarlos al incinerador municipal.

Capítulo XIII
Paint it black #2

Xavier Montes de Oca logró cruzar la nueva frontera sin mucho problema, pues contaba con todos los documentos en orden y firmados por el embajador-pastor. Algunas veces se detuvo a orinar en algún árbol a la orilla de aquella fría y serpenteante carretera. Pausas que aprovechaba para revisar el estado de la carga que llevaba en el maletero. Valentina continuaba bien dormida, pero él, para asegurarse de que ella no se despertara muy pronto, le acercaba un pañuelo humedecido con cloroformo. Lo que no sabía era que, con la mezcla del anestésico y el cloroformo, podría causar que el corazón de ella se detuviera.

Llegó a la nueva capital y se presentó con sus papeles en la alcaldía, donde recibió todos los documentos de su nueva casa, adonde se dirigió de inmediato.

Dejó el auto a la sombra de un árbol en la entrada, se acercó al portón principal y admiró la propiedad que ahora le pertenecía. Se trataba de una casa alejada unos cincuenta metros de la entrada. Un camino, rodeado de un jardín con arbustos y flores, guiaba hasta la casa. El lugar estaba inundado de maleza, que se confundía y devoraba a pocas las plantas ornamentales. Un pequeño *playground* estaba invadido por enredaderas.

Xavier intentó abrir el portón con la llave electrónica, pero el sistema no funcionaba del todo. Tendría que contratar un electro-cerrajero. Empujó el portón con fuerza y éste fue poco a poco cediendo, hasta que logró abrirlo completamente, lo cual no le resultó difícil, pues Xavier estaba en buena forma física. Subió nuevamente al auto y se encaminó entre la maleza hasta la puerta principal, la cual empujó suavemente y se abrió sin ningún obstáculo.

Los muebles se encontraban cubiertos de polvo, había juguetes en el piso y la alacena estaba repleta de enlatados, una que otra cerveza y unos cuantos licores, ahora prohibidos. La refrigeradora funcionaba perfectamente y estaba colmada de alimentos. Los empacados tenían aún su código, que luego leería con su reloj inteligente para ver las fechas de caducidad; tal vez algunos podrían utilizarse. No se entretuvo más y revisó rápidamente toda la casa. Ésta se encontraba con todos los muebles y en los roperos había muchas prendas de vestir. Se notaba que aquel lugar perteneció a alguna familia que había dejado todo atrás de manera repentina.

Efectivamente, en aquella casa vivió la familia del Dr. Alberto Garmendia, director médico del antiguo Hospital de la Seguridad Social de San Marcos. Él nunca dio crédito al rumbo que habían tomado las cosas; siempre creyó que la normalidad regresaría en cualquier momento. Por eso, nunca pensó en irse, pero, faltando pocas horas para el cierre definitivo de la puerta del muro, llegó un hombre a su oficina con una nota donde se le informaba que sería sustituido por el doctor-pastor Arguedas. Un grupo de enfermeros lo sacaron a la fuerza y lo llevaron al parqueo. Subió a su auto y miró el reloj; le quedaban cuatro horas para cruzar al país original. Fue al cajero para sacar todo lo que pudiera. Colocó su índice en el detector, pero en la pantalla apareció el mensaje indicando que el banco había dejado de operar en aquel lugar del país. Comprendió que, si no cruzaba la frontera, se quedaría sin trabajo y sin dinero. Llamó a su esposa, pero no contestó. Se dirigió a su casa, que quedaba cerca. Entró y la buscó, inclusive en el sótano, pero no la encontró. Se sentó un momento a pensar en dónde podría estar, por qué no contestaba... por supuesto: en la piscina.

Salió tan rápido que se le olvidó pedirle a Virina que cerrara la puerta. Se dirigió a su auto *Ford SupraXY*, desconectó el chofer automático y, conduciendo de manera imprudente, llegó al gimnasio. Corrió a la piscina donde su mujer ya llevaba una hora nadando. Le gritó. Ella se detuvo en media piscina y se dirigió a la orilla donde estaba su esposo. Él la tomó bruscamente del brazo y la ayudó a salir. Ella no comprendía qué estaba sucediendo. Él le explicó que era una urgencia, que fueran al auto. Ella reclamó que no podía salir así. El doctor la abrazó para calmarla y apaciguar sus propios nervios y, al oído, en un minuto le explicó la situación.

Ella corrió rápidamente a los *lockers*, luego volvió con sólo su bolso y una toalla. Ambos salieron apresuradamente y se dirigieron a la guardería. Tomaron a sus dos hijos pequeños, los subieron al auto y se dirigieron hacia el cerro; ese gran macizo cuya cima deberían alcanzar en menos de dos horas.

Tuvieron suerte; el tiempo les colaboraba, pues no había rastros de neblina y no se encontraron ningún derrumbe como los que suele haber en ese sitio durante esa época del año. Los pequeños lloraban en el asiento de atrás y pedían a su padre que se detuviera, que necesitaban orinar, que estaban mareados. Pero él no los escuchaba, concentrado en la carretera que cada vez era más oscura, pues ya casi eran las 7 de la noche, hora del cierre de la puerta principal de la muralla. Avanzaban curva tras curva que, por miles, ascendían el lomo de la gran montaña.

Ella debió quitarse su cinturón de seguridad y, todavía con su traje de natación, pasarse ágilmente al asiento trasero para

LA MURALLA DE DIOS

atender a sus hijos. El olor en el auto era una mezcla de la acidez estomacal de los vómitos junto con la orina de los niños que ya tapizaba las vestiduras traseras.

A pesar de que corrían contra el tiempo, Garmendia se sentía optimista, pues conocía la ruta y sabía que los minutos faltantes eran más que suficientes para alcanzar la cima. Repentinamente, después de una curva, se encontró con la parte trasera de un camión que viajaba mucho más lento. El frenazo fue violento y el golpe en seco. Su esposa voló desde el asiento trasero y la vio pasar directo hacia el parabrisas. Los *airbag* se activaron protegiéndolo a él y a los niños.

El conductor del camión bajó a ayudarles. El doctor Garmendia se aseguró de que sus hijos estuvieran bien. Le pidió al camionero que le ayudara a desabrochar el cinturón de los niños. Su esposa estaba inconsciente entre los *airbags* delanteros. La sacó y la arrastró a un lado de la carretera. No sangraba, pero la contusión había sido fuerte. Su respiración era normal, lo que lo tranquilizó. Los niños, asustados, se acercaron llorando.

El tiempo corría. Esto preocupaba a don Misael, quien había llenado su camión, que solía cargar ganado, con todo lo que pudo rescatar de su casa. Delante, viajaban su suegra y su esposa, mientras que atrás, estaban su propia madre y sus dos hijos, acomodados entre los muebles. Había dejado al resto de su familia que no se quiso unir a su viaje. Dejó su finca y todo su ganado. Solamente alcanzó a traer algunos muebles y todo el efectivo que pudo.

—¿Cómo está su señora? —preguntó don Misael, mientras su suegra y esposa se acercaban a la escena.

—Respira muy bien. Tal vez no sea muy grave, pero su estado sólo lo sabremos si la llevamos a un hospital.

—Misael, vámonos ya. Sólo falta media hora y todavía queda camino —dijo la suegra.

—¡Ay, suegra! ¿Dónde están sus sentimientos cristianos? Acuérdese de que somos católicos y que, por eso mismo, estamos huyendo y dejando todo atrás.

—Cierto, Misael. Pero, si no cruzamos la frontera a tiempo, el haber sido creyentes de la Santísima Virgen, nos puede traer algunos problemas. Tenemos que irnos.

—Espere un poco —pidió Misael y, dirigiéndose a Alberto, le dijo: —Yo creo que no puede seguir con su carro; se ve muy mal. Si quiere, se montan y los llevamos.

—Por favor, sí. Vamos de prisa —respondió el médico.

Misael se dirigió a su camión, que no había sufrido ningún daño serio, abrió la puerta trasera y ordenó a sus hijos bajar algunos muebles para hacer espacio y que el sofá lo dejaran para la inconsciente señora desconocida, la cual cubrieron con algunas cobijas. Lo hicieron de manera rápida y sin reclamos, pues el tiempo apremiaba.

Poco después, el camión subía el cerro a la máxima velocidad que el motor así de cargado podía generar, la cual no era mucha. Poco a poco, la esposa del doctor Garmendia empezó a recuperar el conocimiento. Poco a poco, se acercaban a la frontera, pero el tiempo se agotaba.

* * *

Xavier revisó la casa, realmente era muy amplia, pintada y decorada muy a la moda. Por un momento, cayó en la cuenta de que, con mucha seguridad, había pertenecido a una familia que pudo cruzar la frontera a tiempo o, simplemente, fueron capturados y trasladados a la fuerza a uno de los guetos reservados para personas que no aceptaban las nuevas reglas, un lugar donde se les reeducaba.

Se dirigió a un pequeño cuarto en la parte trasera. Éste tenía una ventana y un baño propio. Sería perfecto para lo que tenía pensado. Fue al auto, abrió la cajuela, miró hacia los lados y no vio a nadie pasando por la calle lejana, por lo que alzó con confianza el liviano cuerpo de Valentina y lo llevó a la habitación. La acostó en la cama, asegurándose de que las ataduras de pies y manos estuvieran bien firmes, así como la mordaza en su boca.

Xavier subió a su auto y se alejó. En ese momento, Valentina despertó, sintiéndose mareada y con náuseas, todavía un poco adormilada y con un asqueroso sabor en la boca. No sabía dónde estaba, sus neuronas apenas empezaban a despertar, pero no lo suficiente. Ella se dio la vuelta y volvió a dormirse. Poco después despertó nuevamente, el ruido de un taladro le golpeaba profundo sus oídos y le machacaba su cerebro. Poco a poco comenzó a notar que el ambiente oscurecía.

Lo que ella ignoraba era que Xavier estaba cerrando con tablas la ventana, que un tiempo después reforzaría con verjas de metal, y que aquel —ahora oscuro— lugar con una cama, un sofá y un baño, sería su cárcel-hogar por mucho tiempo.

Capítulo XIV
Paint it black #3

Más de un año había pasado desde que Xavier la había encerrado en aquel lugar. Tiempo durante el cual la piel de Valentina había perdido el brillo y su color caoba, heredado de la mezcla de indígena americano y africano subsahariano. Sus ojos oscuros habían palidecido. Había adelgazado mucho y su voluntad por la vida se desvanecía lentamente.

La única lámpara de la habitación emitía una luz tenue que no alcanzaba a acabar con la penumbra dominante. Para poder leer, tenía que hacerlo de pie, parada sobre la cama, y debía colocar el libro abierto muy cerca del bombillo. Aquella imagen se mantenía por horas; leer era lo único que la mantenía viva y la liberaba de aquella prisión. Por momentos, su espíritu salía de aquel aposento y viajaba libre por otros lugares y otros tiempos.

Además de los libros, la oración la mantenía con esperanza. Horas, varias horas al día oraba y cantaba a su Señor. En aquel lugar no había encontrado ninguna Biblia, pero ella conocía muchos pasajes y salmos que repetía sin cesar. Le pedía a Dios que la sacara de aquel lugar, que terminara pronto esta prueba que le había impuesto, pues se acordaba y creía firmemente en varios pasajes que sabía de memoria:

«¿Por qué voy a inquietarme? ¿Por qué me voy a angustiar? En Dios pondré mi esperanza, y todavía lo alabaré. ¡Él es mi Salvador y mi Dios!» (Salmo 42:11.)

«Porque yo sé muy bien los planes que tengo para ustedes —afirma el Señor—, planes de bienestar y no de calamidad, a fin de darles un futuro y una esperanza.» (Jeremías 29:11.)

«Dios no va a permitir que tengas una prueba más allá de tus fuerzas, pero sí va a aprovechar que las pruebas te demuestren cuánta fuerza hay en ti, que no sabías hasta pasarlas.» (Corintios 10:13.)

A pesar de su fe, algunas veces desfallecía y se arrojaba a llorar dejando rodar las lágrimas entre sus cicatrices.

El día que la encerró, después de haber clausurado la ventana con madera, entró, encendió la luz y le soltó lentamente las amarras. Mientras, le explicaba que se encontraba en un lugar en el que, si gritaba, nadie la iba a escuchar, que no opusiera· resistencia, pues la golpearía y él no quería hacerle daño.

Al sentirse liberada ella corrió y subió a la cama y, como fierecilla, mostraba sus dientes y uñas.

—Te lo advertí —dijo él, saltando de tal manera que, debido al empujón, ella cayó en el suelo al otro lado de la cama con el cuerpo de él sobre ella.

En pocos segundos, Xavier tenía la situación dominada. Ella se encontraba de espaldas en el suelo con sus brazos abiertos. Él estaba sentado sobre el abdomen de ella y, con sus rodillas flexionadas, atrapaba los brazos de la muchacha, de tal manera que ella no podía moverse y le quedaban su pecho y cabeza de frente, entre sus muslos.

Él empezó a acariciarle la cara y ella intentó morderle un dedo. Como respuesta, recibió una bofetada, lo que no la inhibió de intentar gritar.

—Te dije que te callaras.

Otra bofetada le sacudió la cabeza.

—Niña, creo que vas a tener que aprender de otra manera. Recuerda que fieles son las heridas del amigo, pero engañosos los besos del enemigo y yo me considero tu amigo. No olvides que te quiero y si hago esto es porque te quiero mucho.

Valentina había dejado de moverse y ya no gritaba. Sólo sollozaba. Los dos golpes sobre su rostro le habían dolido en el cuerpo, así como en el espíritu y la habían obligado a callar, pero, al ver que Xavier comenzó a acercar una navaja frente a su cara, empezó a gritar y a moverse con toda su fuerza. Con sus pies y rodillas que quedaban libres intentaba patear o golpear con las rodillas la espalda del agresor. Un fuerte golpe con el puño la dejó inconsciente.

Al despertar, sintió el olor y el gusto a cloroformo; otra vez la habían anestesiado con el volátil solvente. Le dolía el cuerpo entero, sobre todo las mejillas. Creyó que se debía a las bofetadas recibidas. Se sentó con dificultad en el borde la cama. Luego, se llevó las manos a la cara y sintió un vendaje. Fue al baño, caminando lentamente; su cuerpo se negaba a moverse al ritmo que ella deseaba. Hasta el espejo del baño era mínima la luz que lograba escurrirse, pero reconoció que tenía dos vendajes en ambos lados del rostro. Intentó quitárselos, pero le dolió mucho. Lo hizo con el de mejilla izquierda, poco a poco quitó la gasa y el algodón. La herida ya no sangraba, pero logró reconocer la incisión, una cortadura que iba desde su pómulo hasta su barbilla. Decidió no quitarse el segundo apósito, pues con seguridad encontraría otra herida igual de horrible. Se sentó en la fría porcelana del inodoro. Empezó a llorar, pero las lágrimas le causaban ardor al llegar a las heridas aún no cicatrizadas.

Se fue a acostar para llorar boca arriba con el objetivo de que las lágrimas bajaran por las comisuras de sus ojos hacia sus oídos y no ardiera el rostro durante el recorrido de las gotas de llanto por sus mejillas.

Después de eso, no cesaba de leer; lo hacía para olvidar. Lo hacía para viajar con Sandokan por los mares del sur, o alrededor del mundo con Julio Verne, o llorando tristemente el final de *Cometas en el cielo*. Por suerte, eran cientos los libros que se encontró empolvados en varios estantes. Hacía mucho tiempo que pocos se editaban en papel; la mayoría eran virtuales. Con seguridad, aquel lugar era un mausoleo de alguien que los amaba y prefirió guardarlos a deshacerse de ellos.

Leía mucho para olvidar el pasado, pero también para hacer más llevadero el presente. Como es el caso de algunos lectores, que leen sin cesar para vivir la vida de otros, pues la propia no vale nada.

El presente significaba despertar para recibir un exiguo desayuno y, luego, las otras dos refacciones del día. Muchas veces faltaba alguna de las comidas, pues Xavier no se encontraba en casa. Otras, él salía varios días y dejaba a Valentina sin probar bocado por todo ese tiempo.

Horas de pie sobre la cama quemándose las pestañas con el bombillo que colgaba del techo, leyendo sobre *Orgullo y prejuicio*, todo para olvidar que Xavier entraba cuando le daba la gana, cuando ella menos lo esperaba, y la violaba.

La primera vez ella ofreció una leve resistencia, pero estaba débil, llevaba varios días sin comer. Además, él mencionó algo sobre dejarle más cicatrices en su cuerpo. Él nunca le había traído ropa de cama para cambiarla, por lo que todavía estaba manchada la sábana de aquella mezcla de sangre y semen de cuando perdió la virginidad. En el suelo había otras marcas de sangre, pero de ellas no quería acordarse.

Escuchó las llaves abriendo la puerta. Ese día Xavier no había traído el desayuno, así que aquella visita esperaba que fuera el almuerzo. Se sentía débil, realmente esperaba que fuera comida y no el macho que viniera a saciar su 'hombría' disfrazada de amor.

Xavier no traía ningún alimento, en su lugar, bebía de algún tipo de licor a pico de botella. Se dirigió al sillón, trastabillando, donde se sentó. Dio otro sorbo a su bebida y, con la vista desenfocada, intentó localizar a Valentina.

Ella se encontraba sentada de frente en el borde de la cama. Nunca lo había visto en ese estado alcohólico.

—Sabes que te amo, eres mi más bella y valiosa posesión. Perdón que te haya encerrado, pero era la única manera. No me permiten que seas mi mujer por tu raza mezclada, por tu baja estatura.

Empezó a lloriquear, a moquear e intentar cantar canciones de amor de las que no llegaba a completar ni un verso, debido a su estado etílico. Se limpió los mocos en su camisa, tiró su cabeza hacia atrás en el cabecero del sofá y miró hacia arriba. Por unos segundos no dijo nada, seguro intentando explicarse por qué aquel cielo raso se movía tanto. Luego, volvió nuevamente la mirada hacia la figura que apenas se veía en aquella leve oscuridad. Le costaba hablar y arrastraba las palabras como lo hace todo el que llega a ese estado de ebriedad.

—¿Sabes? Te amo, y mucho. Estamos hechos para estar juntos. El Señor te hizo para mí como alguna vez hizo a Eva para que acompañara a Adán. Créemelo, el Señor me lo ha dicho a mí mismo.

Volvió a lloriquear.

—Sí, te amo como a ninguna otra. Eres y serás mi única mujer. Te voy a contar algo —hizo una seña hacia Valentina como pidiéndole que se acercara—: yo podría haberte hecho mi mujer, casarnos, ¿me entiendes? Y ¿sabes? no te habrías podido negar. Eso es lo que me gusta de este nuevo país; uno escoge la esposa y hasta varias concubinas, ¿sabes? Pero por tus putos genes negros no se puede.

Se detuvo un momento. Volvió a ver nuevamente el techo, a la vez que movía la cabeza siguiendo el movimiento de aquel cielo raso que se desplazaba de un lado al otro. Mirando otra vez al frente, continuó:

—Sí, así son las leyes. Si Salomón y el Rey David tuvieron sus esposas y concubinas, ¿por qué en la actualidad no se puede? Sin embargo, hay algo que yo no esperaba. A nosotros, los servidores, sólo nos permiten mujeres blancas y altas, ¿sabes? Sólo blancas y altas, ¿te imaginas? Qué bobería, dizque para mejorar la raza. Que nosotros los escogidos por Jehová tenemos genes que debemos mantener y mejorar, ¿ves? Y eso yo no lo esperaba.

Se llevó la mano a la boca y se limpió la baba que le salía. Empinó la botella, bebió dos largos sorbos.

—Y tú, mi niña, eres pequeña y morena. No me permiten hacerte mía legalmente; por eso te tengo aquí, ¿sabes? No es ni por tu edad, pues de catorce *pa'rriba*, ya una mujer se puede casar, pero ¿sabes algo? Creo que ya te lo he dicho: te amo. Cada vez que te lleno de mi semen es amor, es amor de verdad.

Hoy no estoy en condición de hacerlo, pero ven, acércate — dijo mientras colocaba la botella en el suelo y se recostaba en el respaldar del sillón con la cabeza hacia arriba—. Ya te lo dije, ven, acércate, sácame el pene y dame una buena mamada.

Ella se aproximó gateando hasta quedar de rodillas de frente a él. De hinojos frente a Xavier empezó a soltarle el pantalón. No era la primera vez que la obligaba a hacerle sexo oral, pero esta vez él no colaboró en quitarse el cinturón. Ella le pidió colaboración, pero él no le respondía por lo que alzó la mirada y vio que tenía la cabeza hacia un lado y al parecer dormía.

Ella soltó la hebilla del cinturón y lentamente se levantó. Se sentó a un lado de Xavier y en la penumbra acercó su rostro al de él. Sintió el desagradable tufo de la boca, pero pudo constatar que efectivamente estaba profundamente dormido. Al levantarse, él emitió un ruido que le llamó la atención. Había algo al costado del cuerpo del secuestrador. Ella tomó el objeto y empezó a temblar. No lo podía creer. Lo llevó a su cama para cerciorarse bajo la luz del bombillo y, llorando con voz quebrada, dijo:

—Las llaves, son las llaves.

Volvió a ver a Xavier, que se había movido, pero fue sólo la cabeza para el otro lado. Continuaba atontado, aturdido, pero ella no sabía por cuánto tiempo ni cuán profundo.

Caminó lentamente hacia la puerta y tomó una de las llaves del manojo. Eran llaves de las antiguas, no de las modernas electrónicas. La giró, pero la puerta no abrió. Lo continuó intentando con las otras. Le sudaban las manos y el cuerpo entero. En un momento se le cayó el puñado de llaves.

Ella encogió los hombros, no quería volver su rostro y verlo despierto a sus espaldas. Lentamente, muy lentamente, como quien teme lo peor, giró su cuerpo entero, pero aquel bulto sentado en la oscuridad de la habitación no se había movido.

Se agachó muy despacio, no quería hacer ruido. Lo único que se escuchaba en aquel sitio lúgubre eran los ronquidos que provenían del sofá y su propio corazón que, como tambores de guerra, latía, como queriendo salírsele del pecho.

Esta vez, con la primera llave que probó, la puerta se abrió. Lentamente, salió y cerró la puerta por fuera. Y así como estaba, desnuda y descalza, Valentina se arrojó a la calle a pedir ayuda.

Capítulo XV
Explorando el nuevo país

Las nuevas ciudades y poblados empezaban a llenar el mapa del flamante país. La más importante era su capital, Nueva Jericó, la cual fue construida en el centro geográfico. Un gran aeropuerto fue levantado en sus cercanías. Autopistas y vías de modernos trenes unieron las principales ciudades entre sí. Un moderno puerto se había construido en un apacible golfo a trescientos kilómetros al sur de la capital.

María Paula llegó a la playa. Aún era de noche y la lluvia había cesado. Caminó hasta los árboles y ahí, protegida por la oscuridad, sacó de su mochila varias bolsas de plástico que contenían todas sus cosas.

Buscó el celular, ropa seca y algo de comida. En su teléfono había cargado una foto del mapa de la región antes de la Gran División. Pudo constatar lo que ella se imaginaba; una carretera pasaba cerca, a unos doscientos metros de la playa, a lo largo de la costa y se encontraba a varios kilómetros de la gran pared.

Decidió esperar; descansaría esa noche y temprano empezaría su aventura. Durmió hasta que la luz comenzó a ahuyentar a la oscuridad, que poco a poco se internó en aquel Océano Pacífico. Acomodó nuevamente su mochila, se puso sus jeans ajustados y una camiseta blanca que contrastaba con su color bronce.

Pronto llegó a la carretera y empezó a caminar. No pasaba nadie a esas horas tempranas. El primer auto se lo topó cuando llevaba una hora de caminar, pero no se detuvo a su señal.

El sol subía y, con él, la temperatura. A pesar de ser temprano, María Paula ya sudaba y la camiseta se adhería a su piel. El silencio fue roto por el ruido de un motor. Era un furgón que, muy cargado, avanzaba lentamente. Ella hizo la señal de alto, pero no se detuvo. Ella siguió el camión con la mirada para ver que se detenía cien metros más adelante. Corrió y llegó a la ventana del conductor a quien explicó que necesitaba llegar a San Marcos que, según el mapa, era la ciudad más cercana.

El conductor la miró por varios e incómodos segundos, hasta que le indicó que subiera. Pocos minutos después, avanzaban por la caliente carretera sin todavía haber podido entablar un diálogo, pues sólo ella había hablado; se había presentado con nombre falso e inventando razones por las cuales necesitaba llegar pronto.

Él no contestó, solamente miraba hacia el frente. María Paula calló. Se notaba que aquel hombre no era buen conversador. Era alto, de brazos gruesos y barriga abultada. Lucía una frondosa barba con algunas zonas grises. Sobre su cabeza llevaba una gorra con el nombre de una ciudad que ella no conocía.

Sin dejar de mirar la carretera, el hombre dijo:

—Yo soy Samuel Mena. Dígame una cosa, Lucrecia, si es que ése es su nombre verdadero, ¿verdad que usted no es de por aquí?

—¿Por qué dice eso? Ya le conté que yo vivo con mi familia…

—Ya, señora, deje de decir mentiras —interrumpió enérgicamente el chofer.

Él no habló más y ella tampoco.

Sobre una gran recta se movilizaba el camión, cuando el chofer divisó una radiopatrulla que venía en sentido contrario. Con una velocidad increíble, tomó la cabeza de María Paula y se la bajó hacia adelante, entre las piernas.

—Mantenga su cabeza agachada hasta que yo le diga.

Ella obedeció, sorprendida. Una vez que pasó el carro policial, el hombre le levantó la cabeza y explicó:

—Era un carro de la policía. ¿Sabe usted? Creo que la andan buscando. Es la única razón que me imagino para ver una patrulla por estos lados.

—¿Y por qué me van a andar buscando? —inquirió ella.

—Dígame, ¿alguien la vio a usted, digamos, hoy por la mañana?

—Sí, intenté detener un sedán azul, hace como dos horas.

—Esos fueron los que deben de haber avisado a la policía.

—¿Y por qué avisarían a la policía?

—Vea, señora. Con esa pregunta usted ya me contestó a la que yo le pregunté hace un ratico. Definitivamente, usted no es de aquí. Cualquier mujer de este país sabe que es prohibido ponerse jeans y camisetas de manga corta, pero usted lleva esa ropa. Sí señora, cualquiera sabe que es prohibido jeans y camisetas para ustedes las mujeres, mientras que para nosotros los hombres no.

María Paula se reconoció descubierta y no sabía cómo reaccionar. Dejó que él tomara la iniciativa. Los dos callaron por varios minutos.

—Mire, señora, no se imagina el peligro que yo estoy corriendo por haberla subido a usted a mi furgón. Cada vez que veamos otro *poli*, por favor, agáchese. Yo la llevaré a Nueva Jericó, la antigua San Marcos. Desde que tenemos el nuevo

Gobierno, se cambió el nombre a todas las ciudades que aludían a santos o indígenas. ¿Sabe? Por eso también supe que usted no era de aquí desde el principio cuando me dijo que quería ir a San Marcos. Ese nombre no existe desde hace un buen rato.

El silencio volvió a acompañarlos en la cabina de aquel camión. Tiempo que el cerebro de María Paula ocupó en pensar qué haría, pues sólo tenía jeans y camisetas en su mochila. Además, se preguntó por qué aquel hombre la estaba ayudando si ella representaba tanto riesgo.

—Escuche, señora, transporto carne de la frontera. Aunque el país se dividió, el comercio continúa. Ahí, en la frontera, un carro del otro lado llegó y pasamos su carga al mío. A ellos les está prohibido pasar a este lado y a nosotros cruzar allá. Por eso siempre se hace traspaso de un camión a otro. Bueno, ya le conté algo. Ahora, si quiere, continúa usted contándome la *purítica* verdad y puede empezar diciéndome su verdadero nombre.

María Paula resumió su aventura en cinco minutos para luego callar.

—Señora, en la guantera hay *Kleenex*, por si necesita. Le agradezco ser tan sincera con mi persona. Dígame una cosa, señora, ¿su marido era Carlos Vargas y son hijos son Sebastián y Vincent?

María Paula había encontrado el paquete de pañuelos desechables y se disponía a secar sus lágrimas, pero, al escuchar el nombre de sus hijos y su exmarido, dejó de hacerlo y lanzó una mirada inquisitiva.

El chofer le contó que Carlos había muerto el día que cruzó la frontera al caer en un profundo precipicio; que los dos niños habían sufrido heridas leves, pero nada de consideración; que, como huérfanos, fueron adoptados por el señor pastor-presidente.

—Ya eso lo sabía. ¡Hijos del tal presidente! Pero son mis hijos, no son huérfanos, yo no estoy muerta. Pelearé por ellos.

—¡Ay, señora! Aquí la justicia nunca le dará la razón. No se imagina cómo ha cambiado el país en tan poco tiempo. Por ejemplo, ya le conté lo de la ropa. Además, que un hombre y una mujer que no son familia viajen en un mismo auto, es severamente castigado.

—Pero ¿por qué me está ayudando, entonces?

—No sé, señora. Usted es muy bonita; me recordó a mi hermanilla. Usted se veía como perdida y me dio lástima pensar en lo que le iba a pasar si ellos la encontraban.

—Pero ¿por qué se toma tanto riesgo, si la situación es así?

—Ya le dije, señora. La vi peligrando y quise ayudarle. Así como yo, hay mucha gente que no está muy de acuerdo con el nuevo Gobierno y las cosas que hace, pero no queda otra que aguantar. Los que se han manifestado en contra están desaparecidos o muertos.

—¡Ay, Dios! Nunca creí que la situación aquí fuera así. ¿No hay algún grupo organizado en contra del Gobierno? Y, por favor, ya deje de decirme 'señora'; recuerde que me llamo María Paula.

—Mire, señora María Paula, eso de la resistencia se veía en las películas. Aquí no existe y, si ha intentado salir un grupo así, ya habrá sido eliminado.

Sus ojos se humedecieron nuevamente. Le estaba siendo expuesto un mal panorama; al parecer, sería difícil o imposible volver a tener a sus hijos. Pensó que, tal vez, si pudiera hablar con ellos, los convencería de acompañarla. O quizá tendría que conformarse solamente con verlos.

Su mirada se perdió a un lado de la carretera en los kilómetros interminables de sembradíos de palma de aceite. El silencio irrumpió y se estableció por varios minutos en la cabina del camión.

La carretera seguía corriendo a lo largo de la playa y María Paula, sin dejar de mirar el azul y ancho mar, preguntó:

—Y, ¿usted me va a ayudar, Samuel? Para poder llegar cerca de ellos.

—No, señora María Paula. Durante el primer mes después de la Gran División desapareció mi esposa y, un año exacto después, mi hermana. Todo eso por no haber seguido las nuevas reglas. No tengo idea de si seguirán vivas. Además, tengo en casa a mis hijos esperando; los cuida una vecina. Soy todo lo que les queda, no me puedo arriesgar a nada. Ya casi paro en un lugar seguro, para que usted se suba a la parte de atrás del camión y evitar que la vean. En la próxima ciudad, le compraré ropa de mujer de este país y luego le diré cómo llegar a la casa del señor pastor-presidente. Pero le recomiendo, mejor, olvidar a sus hijos. Tal vez, busque algún familiar suyo que haya quedado de este lado y vea cómo se adapta o, si no, vuelva al otro lado, aunque lo hallo muy difícil, además…

La voz de Samuel se ahogó abruptamente después de tomar la última curva. Se encontraron un retén con muchos policías que apuntaban a sus cabezas; no tuvo otra opción que detener el camión.

Capítulo XVI
Paint it black #4

Valentina salió de la habitación; su intención era correr, pero su cuerpo no le respondía. Así es que, a paso lento, pero seguro, se encaminó hacia la puerta principal que no tuvo problema en abrir.

Si ella hubiera reparado en aquella sala que atravesó, habría notado el desorden. No era un caos, pero la limpieza y el orden no estaban presentes en la casa. En ese nuevo Estado era prohibido tener mujeres para servicio de limpieza o que colaboraran en otros menesteres del hogar. Esas tareas le correspondían únicamente a la esposa o a las esposas, en el caso de aquellos que tenían varias. Como Xavier todavía no había conseguido ninguna, él tenía que hacer todas las labores y no era muy bueno para eso. No era tan malo en la cocina. Lavando y aplanchando era un experto, pues un funcionario de su nivel tenía que vestir impecablemente. Esperaba pronto ser ascendido y, tal vez así, trasladar a Valentina al Hotel *Rama Seca*.

A ella la luz del día le quemaba la retina. Sus ojos poco a poco se acostumbraron a aquella claridad que le había sido extraña por muchos meses. Su figura caoba pálido, escalando el oscuro portón de salida, simulaba un fantasma de cara surcada por cicatrices que huía de aquel lugar. Le fue difícil sobrepasar aquel obstáculo, ya que sus músculos atrofiados y sus manos débiles no le respondían adecuadamente.

Ya del otro lado, comenzó a correr, también con dificultad, pues estaba descalza y los muslos y rodillas seguían sin responder a sus deseos de moverse coordinadamente. En la esquina intentó hablar con una pareja que caminaba por la acera, pero ésta la esquivó. Intentó perseguirla pidiendo ayuda, pero la voz no le salía. Sus cuerdas vocales, aún rígidas, poco a poco deberían ir soltándose, pues, en su cautiverio sólo hablaba con Dios y consigo misma, y para eso no utilizaba su garganta.

Las personas, casi todos hombres, que caminaban por las aceras, evitaron su contacto cruzando la calle. Los perros ladraban a su paso, asustados por aquel espectro que, ya agotado, comenzaba a disminuir su andar. Igualmente, ningún auto se detuvo, a pesar de que ya podía gritar, aunque temerosamente, la palabra «Ayuda». Pensó en tirarse frente al próximo automóvil que pasara para obligarlo a detenerse, pero no hubo necesidad, pues una patrulla policial se detuvo en el arcén.

Se sintió segura, uno de los oficiales le pasó una sábana para que cubriera su desnudez y la sentó en el asiento de atrás. Con voz temblorosa, empezó a explicar a los policías, pero uno de ellos la mandó callar. Le dijo que lo que tuviera que decir, si tenía algo que explicar, lo hiciera delante del juez-pastor de flagrancia, pues era para allá que se dirigían.

La ciudad le pareció desierta; eran pocos los transeúntes, a pesar de que era media mañana. Al hacer alto en un semáforo, se horrorizó. Vio, en el parque esquinero, dos cuerpos encapuchados, colgados, en avanzado estado de putrefacción, que se balanceaban al ritmo de los picotazos de las aves de carroña.

Uno de los oficiales, al ver la cara de horror que mostraba la joven, le explicó:

—Ellos son dos castigados del fin de semana, uno era un tal Pedro Gabriel Chaves, sentenciado por sodomía, y el otro, el doctor Alberto Garmendia, por hereje.

—A mí me da lástima el doctor —dijo el más alto de ellos—. Era un buen profesional; fue el médico de la familia antes de la Gran División, pero nunca entendió la verdad y tuvo que sufrir las consecuencias.

—Ya calla, hombre. No hablemos más del asunto —ordenó el que parecía de rango superior en aquel grupo. El silencio volvió a reinar dentro del auto patrulla.

Fue llevada ante el pastor-juez de flagrancia del Circuito 23. El lugar era pequeño y oscuro. Sus pupilas se adaptaron rápidamente a aquel lugar cuya fuente de luz era únicamente un grupo de cirios y velas que formaban un pasillo que llevaba hasta el escritorio donde se encontraba el funcionario.

Los policías la condujeron a través de aquel pasadizo de luces titilantes, la sentaron en la única silla que había en el lugar y se colocaron de pie a su lado.

Uno de ellos, en posición firme y con voz serena, pero fuerte, dijo:

—Excelentísimo señor, pastor-juez, aquí le traemos a esta mujer que encontramos corriendo sola por la calle. Estaba desnuda y, por supuesto, no portaba ningún permiso de salida por parte de su esposo o de su padre u otro tutor.

Valentina intentó hablar, pero recibió una bofetada que la hizo callar.

—Cállese insolente. Una mujer no puede hablar sin el permiso de un hombre —dijo el oficial que le había roto la boca.

—Esta dama parece desconocer la normativa vigente. Vamos a ver qué nos tiene que decir. Vamos, proceda a hablar mujer —ordenó desde su escritorio el encargado de repartir justicia.

Valentina tardó varios minutos contando toda su historia con la mano colocada sobre una Biblia y después calló. Por varios segundos, el silencio invadió aquella habitación. Solamente se escuchaba el chirriar de las velas quemándose y el leve sonido que producía el pastor-juez mientras se rascaba su longa barba, pensando en lo que iba a decir.

—Para que conste en actas, la siguiente es la relación de los hechos que se imputan y sobre los cuales se ha declarado previamente bajo la fe de juramento: afirma usted haber sido raptada, su libertad coartada, su rostro desfigurado y violada continuamente por Xavier Montes de Oca. Mire, joven, sus acusaciones son muy serias. En verdad vamos a realizar una exhaustiva investigación.

Ella relató sobre el sitio donde la habían encerrado, de los dos abortos que le provocó el tal Xavier y que él le contó que había enterrado los diminutos fetos bajo un limonero, pues eran hijos de Dios que no iban a tirar a la basura.

El juez parecía creer su historia, tal vez por la tristeza y las lágrimas que aquella mujer derramaba mientras se acordaba de aquellos sufrimientos pasados.

—Como medida cautelar, procédase en este acto con la detención de la mujer. Asimismo, de manera precautoria, se ordena el allanamiento de la casa del sospechoso para recabar toda la prueba atinente a los hechos intimados —ordenó el pastor-juez.

La encerraron en un oscuro y frío calabozo del que esperaba pronto salir. Pasaron los días y solamente la visitó un enfermero que le tomó una muestra de sangre. Le explicó que era para hacer varios exámenes, entre ellos, un análisis de ADN para comparar con unos pequeños huesos que habían encontrado en el patio de la casa de Xavier Montes de Oca.

Su regocijo fue grande; ahora harían las pruebas que confirmarían quién era el padre. Sería por fin libre y se haría justicia.

Al décimo día, la sacaron del calabozo por primera vez y la llevaron a las duchas. Sus heces y orina forraban el piso de la asquerosa habitación. Por eso agradeció poder salir y que le permitieran asearse.

Al caminar en dirección a las duchas, marchó entre decenas de celdas donde cientos de mujeres pequeñas y morenas se encontraban hacinadas, todas en condiciones similares o peores que la suya.

Su carcelero le alcanzó el jabón y la toalla, tomó una relajante ducha que reconfortó su cuerpo y tranquilizó su espíritu. Se alegró aún más cuando él le trajo ropa limpia, pues la llevarían al juicio donde se decidiría su futuro.

Al salir de la cárcel, pudo ver en el patio a mujeres que estaban siendo azotadas por unos personajes encapuchados. Algunas en el suelo parecían ya no respirar.

El lugar al que la llevaron era muy similar a la capilla donde fue llevada la primera vez, con la diferencia de que ésta era mucho más grande y había mucha gente atenta al juicio. Incluso, parecía haber miembros de la prensa.

El pastor-juez estaba en un estrado muy alto. Era el mismo hombre de la vez anterior cuyo nombre no pudo aprender. A su derecha, en una silla de frente al público se encontraba una figura encapuchada. La sentaron adelante, bajo el púlpito, mirando al juez y al encapuchado.

El juicio inició con el juez-pastor dando infinitas gracias al Señor y luego leyendo partes de la Biblia; basado en esos versículos pedía sabiduría y discernimiento a Dios.

Luego dijo que citaría el nombre de los implicados y pidió que, al escuchar su nombre, cada uno se levantara. Al decir el nombre de su raptor, el encapuchado se puso de pie. Al escuchar el suyo, ella se levantó, sin dejar de mirar a aquella figura que le causaba náuseas.

El pastor-juez alzó su Biblia y declaró:

—Una vez efectuada la valoración de la prueba recabada, se procede al dictado de la sentencia final, firme e inapelable.

Mencionó el nombre del secuestrador y dijo que era libre, que podía irse, pues no se había podido demostrar actividad pecaminosa.

—Y con respecto a usted —dijo, dirigiéndose a Valentina—, se le declara pecadora en primer grado. La sentencio a diez años de cárcel por cada uno de los dos abortos que practicó y a diez azotes el tercer domingo de cada mes por el pecado de nudismo y salir de casa sin permiso de un hombre. Por tener dieciséis años, si en un par de meses demuestra buen comportamiento, se le trasladará al Hospital de las Mujeres. He hablado, así sea.

El público se levantó aplaudiendo y las cámaras captaron la imagen que sería primera plana al día siguiente; la de una pecadora hincada en el momento que se limpiaba el vómito amarillento que no pudo evitar que manchara su cuerpo.

Capítulo XVII
El Hospital de las Mujeres

Kalyna fue llevada a una especie de convento, el cual estaba rodeado por muros tan altos que parecían tocar las nubes. El nombre del lugar le pareció extraño: *Hospital de las Mujeres*.

Era un sitio espacioso, con hermosos jardines, donde resplandecían los geranios, las rosas y los lirios. El edificio de una sola planta constaba de cuatro alas que se unían en el centro en forma de cruz. El color de sus paredes contrastaba con el de sus patios, ya que era de un gris plomizo. Muchas mujeres, también vestidas de cenizo, hacían sus tareas en los jardines o caminaban por los pasillos. Al encontrarse con los visitantes, ellas bajaban la mirada, detenían su andar y se hacían a un lado.

Kalyna no lo había notado, pero ella ahora vestía igual que aquellas extrañas que pululaban por el lugar: zapatillas negras, vestido de falda gris larga hasta los tobillos, cuello alto y mangas hasta las muñecas.

Llegaron a una oficina donde una mujer vestida de militar los esperaba detrás de un gran escritorio. Ésta era alta, de contextura musculosa, vestía uniforme color negro y llevaba cuatro estrellas en el hombro. Sus ojos también eran negros, pero no de esos oscuros, bellos y alegres como los de las festivas andaluzas. No. Por el contrario, eran grandes y opacos, no irradiaban brillo y más parecían un gran hoyo negro que absorbía la luz que moría al entrar en ellos.

—Llegaron diez minutos tarde —recriminó detrás del escritorio, con una voz fuerte y algo ronca.

Nadie le contestó.

—Sabe que la impuntualidad es castigada, mayor Sánchez. Le exijo que no vuelva a pasar.

Otra vez, nadie le contestó. Los oficiales miraban al suelo, como avergonzados, mientras Kalyna miraba con curiosidad a sus alrededores, todavía sin poder aclarar sus pensamientos. Tuvo todo el viaje para hacerlo, pero no pudo. Tenía muy pocos datos y todo había sido muy sorpresivo como para hacerse una idea real de lo que estaba pasando.

Sabía que no podía entablar conversación con los hombres, pues podría recibir otro golpe, y el dolor en su costilla le recordó que no debía hacerlo. Ella era una mujer independiente, astuta, ágil y fuerte. En otras condiciones habría defendido con las uñas y el alma a su persona y sus derechos, pero, al parecer, en aquel lugar no tenía ninguno. Así es que intentaría jugar ese macabro juego hasta donde pudiera. Al ver que los policías tenían su cabeza inclinada con la mirada puesta en la punta de sus relucientes zapatillas, ella decidió tomar la misma posición y preguntar a la mujer que tenía al frente.

—Señora, como usted debe de saber, soy nueva por aquí. Ya aprendí que no debo dirigirme a un hombre, pero quisiera saber si puedo hacerlo con usted.

—Claro que sí, Kalyna, yo sé muy bien quién es usted. Efectivamente, las mujeres podemos hablar entre nosotras sin ningún problema, pero, por favor, para empezar bien, cuando se dirija a mí, hágalo como ober-mayor Rodríguez. Pero no vamos a hablar más, pues tendremos mucho tiempo el día de mañana. Por hoy, la llevaremos a su habitación. Le recomiendo leerse varios libros que dejaremos con usted para que entienda mejor la conversación que tendremos temprano.

En ese momento aparecieron dos mujeres, más jóvenes que la ober-mayor, a quienes ordenó:

—Lleven a Kalyna a su habitación; provéanle agua y comida—. Dirigiéndose a los oficiales, agregó: —Muchas gracias, teniente Chacón y mayor Sánchez. Déjenla con nosotras, que yo me encargaré de prepararla.

Esa última palabra quedó haciendo eco en la cabeza de Kalyna.

Los policías se despidieron y volvieron sobre sus pasos hacia la salida, mientras que ella fue invitada a seguir a las dos chicas de negro. La primera llevaba la llave en la mano, Kalyna la seguía y, detrás, al final de esa pequeña fila india, la otra chica cargaba la pequeña mochila con las pocas pertenencias de Kalyna.

Su habitación era grande y con muchos ventanales, por lo que el aire fresco y la luz no le harían falta. Los pocos muebles que tenía eran una mesita con dos sillas, la cama y su ropero. Una pequeña puerta comunicaba con el estrecho baño. Las cortinas eran blancas y las paredes del color que más abundaba en aquel lugar: gris. Sobre la mesa de noche la literatura prometida junto con un teléfono de los antiguos, de ésos que tienen teclas con números.

Miró alrededor y llegó a la conclusión de que aquella parecía una habitación de hotel más que un hospital. Con seguridad, habría un comedor en algún sitio o, tal vez, habría servicio a la habitación.

Después de acomodar sus pocas prendas junto a unas toallas que encontró sobre la cama, se desvistió y entró a la ducha.

El agua tibia se deslizó sobre su cuerpo cumpliendo a medias el objetivo esperado de tranquilizar sus tensos músculos y sosegar su mente. No encontró jabón ni champú. Los necesitaba, pues en su cabello y su piel todavía habitaba el olor que le había impregnado su amante, quien ahora la tenía en aquella situación. Se restregó con la mano sus pechos y entrepierna, pero solamente con agua no logró eliminar aquel hedor.

Sintió cólera, sintió tristeza, sintió flaqueza, pero también se sintió fuerte. Todos los sentimientos se alternaron en su alma durante aquellos diez minutos bajo la tibia ducha.

Salió del baño y buscó en su mochila. Le habían colocado tres prendas iguales del mismo vestido gris. Se puso la ropa interior que no era para nada de su estilo y luego el vestido. Estaba terminando cuando el teléfono timbró. Una voz femenina le informó que en cinco minutos pasaría por ella para llevarla al comedor.

Para ella era muy temprano para cenar, no tenía reloj ni teléfono para consultar la hora, pero calculaba que eran como las seis de la tarde.

Los cinco minutos corrieron tan rápido que le parecieron cortos segundos. Escuchó los toques en la puerta y se puso los zapatos. Ya en la puerta, una de las jóvenes de negro la esperaba y le pidió que la siguiera.

En ese momento, sonó una sirena que ahuyentó el silencio que dominaba aquel lugar.

—¿Qué significa eso? —preguntó Kalyna.

—Indica que son las seis de la tarde. Además, que es hora de acercarse al comedor a cenar. Durante el día escuchará otras dos, a las seis de la mañana para el desayuno y a las doce mediodía que indica que es hora de almorzar.

—¿Le puedo hacer una pregunta? —inquirió Kalyna mientras caminaba tras la mujer de negro.

—No, no puede preguntar nada. Yo le daré la información que se me ha ordenado darle, que es la única que usted necesita en estos momentos.

Cientos de interrogaciones se apresuraban por salir del cerebro de Kalyna, pero al parecer ninguna iba a ser contestada ese día.

—Todos los días pasaremos por usted para llevarla a comer. Otras compañeras la llamarán a su teléfono para que se prepare y llevarla a las diferentes clases y actividades en las que participará. No hay horas fijas; se le puede llamar en cualquier momento.

La mujer de negro le pidió que se diera la vuelta. Le ató una cinta amarilla a su cabello y le explicó que cada vez que saliera de su habitación lo debería hacer con el pelo atado con ese lazo.

Caminaron hasta llegar al final de uno de los largos pasillos y, tras una puerta ancha que se abrió frente a ellas, estaba el comedor.

Aquel enorme y poco iluminado lugar le recordó una escena de aquellas películas de principios de siglo, de la saga *Harry Potter*: el comedor de Hogwarts con largas mesas, pero, en este caso, eran alumbradas por lámparas LED-Plus de baja potencia y no por velas ni candelabros flotantes.

Se le explicó que la comida era tipo *buffet*, que debía sentarse en la interminable mesa de la izquierda donde se sentaban todas las chicas de gris con banda amarilla en su cabellera, que no debía hablar con nadie y que contaría con quince minutos para desayunar, así como media hora para almorzar y cenar. El tiempo lo podía seguir en los relojes que se mostraban en varias paredes de aquel inmenso refectorio. Se le explicó que no debía llevarse ningún utensilio del comedor a la habitación.

De forma obediente, tomó un plato donde se sirvió una generosa porción de ensalada. Después de acabar con ella, se sirvió un buen muslo de pollo en salsa con puré de papa. Para beber, tomó simplemente agua. Mientras comía, analizó su entorno; tanto en la segunda como en la tercera mesa se sentaban mujeres de gris, pero en la segunda lucían una banda verde en su cabellera, mientras que, en la siguiente, era de color azul. La cuarta mesa estaba reservada para mujeres de negro. Todas las chicas de gris eran jóvenes; tenían entre veinte y treinta años. Entre las de negro la edad era más variada; se podía ver algunas jóvenes, pero también algunas con cabello gris y cuerpo doblado por los años.

Notó que las de negro no estaban maquilladas, pero las pocas de gris con cinta amarilla lucían preciosos colores en sus labios, con ojos y pestañas bien pintados. Ella era la única cuyo rostro tenía los colores naturales.

Estaba terminando con su último bocado cuando sintió a su chaperona a espaldas suyas. Llevó los platos sucios a su lugar y la siguió, tal como habían venido.

Ya la noche había caído. Un viento fresco y revoltoso las acompañaba por los pasillos. Llegaron a una especie de ventanilla atendida por una joven de negro. Su acompañante pidió un kit de artículos de belleza y una pequeña caja les fue traída. Se la pasó a Kalyna y le pidió que la siguiera de vuelta a su habitación mientras explicaba:

—En la caja encontrará jabón para baño, champú y acondicionador para el cabello. Además, colorete, lápiz y brillo labial, sombra de ojos, lápiz de cejas, así como también cremas para piel y cara. Una vez al mes, recibirá una clase de maquillaje, así como una manicura y una pedicura.

La mujer de negro volvió a ver a Kalyna y notó el rostro de sorpresa que esperaba, por lo que continuó:

—Tiene que practicar el verse bonita, pues una mujer debe lucir hermosa ante los ojos de su señor. Ya verá, cuando salga de aquí, que con su hombre podrá salir bien vestida y maquillada. Pero, en las ocasiones que él le permita salir sola, deberá hacerlo con su atuendo gris y cero maquillajes.

La mujer de negro le abrió su habitación y le dijo que, por órdenes recién recibidas y por su estatus de preferida del señor pastor-presidente, las comidas le serían servidas en la habitación; no tendría que ir hasta el comedor. Le aclaró que el día siguiente sería especial, por lo que pasaría por ella a las siete de la mañana para llevarla a la reunión con la ober-mayor Rodríguez.

Para Kalyna era muy temprano ir a dormir a esa hora, pero tampoco quería leer los libros que le habían asignado. Tenía la sospecha de que, si lo hacía, no iba a poder dormir en toda la noche. Fue a la ducha de nuevo. Esta vez, se lavó el cabello y se restregó todo su cuerpo con abundante jabón. Por fin logró eliminar de su cuerpo el olor de aquel hombre que la había engañado. Se secó el cabello con la toalla. No le importaría dormir con el pelo un poco húmedo, pero debió lavárselo para eliminar cualquier vestigio, cualquier molécula de aquel hombre en su cuerpo.

Desnuda, se sentó en el suelo e inició sus ejercicios de yoga por una hora. Le fue difícil poder alejarse de la realidad y relajarse, pero logró hacerlo. Igualmente, sin vestidura alguna se metió bajo las sábanas y durmió muy tranquila, sin saber lo que le esperaba al otro día.

Capítulo XVIII
Encuentro fortuito

Kalyna fue llevada a la oficina de la ober-mayor Rodríguez después de desayunar en su habitación. Se le pidió que se sentara en una silla frente al escritorio. La directora de aquel lugar no dejó de leer el ejemplar del *República En Gloria News*. Algún artículo interesante estaría leyendo y querría terminar antes de iniciar la conversación. Esto dio tiempo a Kalyna para reconocer el lugar.

Las paredes no estaban pintadas de gris, más bien eran de un color crema-beige. Detrás del escritorio, del piso al cielorraso, había una biblioteca con todos los libros empastados en negro con letras doradas. En la pared de la izquierda, había un gran ventanal desde donde podían verse los coloridos jardines. A la derecha, colgaban dos grandes cuadros. Reconoció las pinturas –con seguridad no eran originales–, pero le gustaron.

Volteó a mirar hacia atrás y notó una pantalla inmensa donde se veía la imagen de muchas cámaras de seguridad. Le pareció ver que una de ellas era su habitación. Pudo ver todos los pasillos vigilados y las vistas desde las torres de vigilancia.

—La asusta nuestro sistema de vigilancia —dijo la ober-mayor Rodríguez—. Pondré otra imagen.

En ese momento, toda la pared se convirtió en una relajante imagen de coníferas.

Entonces, ordenó a su escritorio que subiera el monitor. Frente a ella fue haciéndose visible un monitor ultradelgado donde la directora podía ver las imágenes de seguridad.

Después de esto, la mujer de negro fue directa; le ordenó que no hablara y que sólo escuchara. Le explicó que estaría ahí por un mes o los años que fuera necesario para hacerla una mujer de verdad, una mujer de la nueva sociedad y digna de ser esposa del señor pastor-presidente. Que debía estar agradecida por haber sido elegida para tomar ese lugar.

Le aclaró el asunto del color de las cintas que portaban las demás. La amarilla la llevaban aquellas que, tal como ella, debían ser preparadas para cumplir como mujeres del nuevo orden. Las de verde habían cometido algún acto en contra de la sociedad y estaban ahí para ser corregidas en su camino y las de azul eran mujeres cuyo acto en contra del sistema había sido muy serio. A éstas se les dejaba salir al comedor y algunas horas al aire libre, pero las noches las pasaban en los fríos calabozos. Si su falta había sido muy grave, se les dejaba en su celda por el tiempo que la justicia hubiera estipulado.

En ese momento, Kalyna hizo un repaso mental de lo que había visto en el comedor, y efectivamente, le habían parecido muy diferentes los grupos de mujeres que compartían el refectorio. Las de amarillo se veían todas muy sanas, jóvenes, saludables y maquilladas. Mientras que, en las otras mesas, se veían rostros tristes, pálidos y algunos moldeados por cicatrices. Sus cuerpos eran famélicos y arrastraban los pies o cojeaban cuando cargaban con sus platos.

La ober-mayor le dijo que ese día le realizarían exámenes clínicos de rutina y que encontraría un programa con sus actividades semanales al volver a su habitación, la cual no podía abandonar en ningún momento que no fuera para cumplir con las actividades señaladas, so pena de recibir castigos sobre los cuales no valía la pena ahondar, pero que estaban ideados para hacer arrepentirse a las que se hicieran merecedoras de ellos.

La directora dejó de hablar; se notaba que rebuscaba en su cabeza si se le había olvidado mencionar algo. No quería dejar ningún detalle, pues sabía que tenía al frente a una librepensadora que sería la segunda esposa del señor pastor-presidente.

—¿Se leyó el libro que le pedí que repasara antes de venir a esta reunión?

—No, no lo leí, pero ya había ojeado uno igual antes de venir.

—Yo le ordené que lo leyera, así es que lo hará hoy sin falta. Debería castigarla para que vaya aprendiendo, pero, por tratarse de usted, la perdonaré por esta vez. No falle otra vez o no volveré a tener consideración de usted a pesar de su estatus con el señor pastor-presidente.

—Señora Rodríguez, yo no tengo la intención de ser la esposa de nadie.

—Calle y escuche —la interrumpió la ober-mayor, levantándose y comenzando a caminar por la habitación—. Cómo se nota que no leyó el libro y los panfletos; nos habría facilitado la conversación. El señor pastor-presidente no ha tenido varones propios y los necesita. Su esposa sólo le ha dado dos hijas y él necesita ampliar su descendencia y, Dios quiera, con niños varones. Ya adoptó dos niños, pero son mulatos. Él quiere también sus propios varones, muchos varones.

—Yo soy atea y no creo en su dios, pero es conocido que la monogamia es el tipo de relación aceptada por las religiones cristianas. ¿Por qué va a permitir ahora que un hombre tenga más de una mujer?

—Esa afirmación de que no cree en nuestro Dios le podría costar la vida en este lugar. Por lo tanto, le recomiendo no volver nunca, pero nunca más, a decirlo. Dios bendijo en el Paraíso la monogamia y la familia compuesta por hombre y mujer, pero, cuando el pueblo de Israel tuvo que hacer crecer su población, el Señor permitió la poligamia. Muchos tuvieron numerosas esposas y concubinas: David, Nacor, Abraham, Jacob, Elifaz, Gedeón, Saúl y otros. El mismo rey Salomón tuvo más de trescientas. Nuestro pueblo en estos momentos está en condiciones similares. Necesitamos crecer en número y en fe. Le recuerdo que, como esposa, gozará el derecho de cohabitación legítima. No tendrá injerencia en los asuntos de la casa. No, no crea que es una esclava, pues para el trabajo de casa están las sirvientas, las cuales no están permitidas en el país, pero son excepción en los hogares de funcionarios de alto cargo. Usted no será una amante, sino una mujer legítimamente unida en matrimonio al señor pastor-presidente. Toda esta explicación me la habría ahorrado si usted hubiera hecho la lectura que le pedí. Para concluir, le recuerdo seguir todas las ordenanzas y normas de este lugar, pues su condición de futura esposa del señor pastor-presidente, tal como ya le dije, no la librará de castigos. Y no olvide nuestro lema: «Para educar el espíritu, el cuerpo tiene que sufrir».

Toda esta aclaración la dio mientras caminaba alrededor de una pensativa Kalyna.

Ahora sí que tenía que leerse el famoso libro y los panfletos, pues debía saber con cuáles reglas jugar. Tenía que acostumbrarse a la idea de que estaba en un país nuevo y bastante retrógrado, donde ella no cabía ni cabría nunca.

Jugaría hasta donde pudiera, pero sabía que en algunos momentos tropezaría, pues su espíritu no podría aceptar todo esto. Aun así, lo intentaría.

La ober-mayor continuó caminando, como marchando alrededor de Kalyna.

—Las mujeres somos muy diferentes a los hombres; está en la Biblia y demostrado científicamente. Las mujeres no debemos meternos en cosas de hombres. Dejemos a ellos las decisiones. Tomar decisiones estresa, condiciona, debilita el cuerpo. Dejemos eso a los varones. La mujer debe dedicarse a satisfacer a su hombre y a su familia. Para eso nos hizo Dios, para eso nos ha ido moldeando la naturaleza. El mundo se echó a perder cuando la mujer salió de la cocina.

—¿Realmente cree lo que me está diciendo? ¿No podemos nosotras hablar, no podemos acaso opinar sobre lo que queremos, lo que nos conviene? —recriminó Kalyna.

—Por supuesto que creo en lo que digo; está escrito y científicamente comprobado. Ya lo decían los griegos: «La palabra debe ser cosa de hombres. La mujer no debe ejercitarse en el hablar; callar en público debe ser considerado el mejor adorno femenino».

La ober-mayor volvió a su escritorio y tocó un botón en la pantalla táctil. En un momento aparecieron las dos mujeres de negro del día anterior. Kalyna sabía que la conversación había concluido por lo que se levantó y siguió a las chicas. No se explicaba cómo una mujer podía pensar y actuar así contra las mujeres.

Al salir creyó que la llevarían a su habitación, pero el camino que recorrieron fue otro. La condujeron al consultorio donde una mujer vestida de blanco le extrajo varios tubos de sangre, la auscultó y le hizo un electrocardiograma. Ella nunca supo los resultados de esos exámenes. Lo ignoraba, pero había pasado una importante prueba para poder ser la esposa perfecta: niveles hormonales en orden, libre de enfermedades de transmisión sexual; estado perfecto para engendrar los hijos del pastor-presidente.

También ignoraba que las mujeres infértiles, al igual que las mujeres sin hijos que habían entrado a la menopausia, eran consideradas en esta nueva sociedad ciudadanas de tercera categoría. Las mujeres *per se* ya eran de segunda categoría.

Pasaron los días, los meses, los años y Kalyna sólo esperaba el día en que saldría de aquella cárcel cinco estrellas. Disfrutaba de muchos privilegios: comida a su gusto, servicio de spa, masajes diarios, gimnasio, clases de cocina y clases de maquillaje. Vivía como una reina solitaria y prisionera entre barrotes de oro. Se había acoplado al sistema, pues sabía que, si quería hacer algo en contra, no sería estando encerrada en aquel lugar.

Otra de las obligaciones que tenía era que le hicieran exámenes de laboratorio y otras pruebas médicas cada tres meses. Aunque esto no lo disfrutaba, pues odiaba las agujas.

En una ocasión, fue llevada al consultorio médico para que le tomaran muestras sanguíneas, pero, por alguna razón, la encargada de la extracción de sangre se atrasó, de modo que su vientre resonó, reclamando comida.

Esto del ayuno no era para ella, así que, cuando volvió a su habitación, el hambre la carcomía. Esperó varios minutos, pero nadie llegaba con su desayuno como era lo acostumbrado. Tal vez, por haber pasado ya la hora habitual, ese tiempo influyó para que Kalyna decidiera ir por su cuenta al comedor.

Al llegar, se fue directamente a servir el desayuno. Justo delante de ella, una mujer de cinta verde hacía fila. Intentó entablar conversación con ella, pero ésta recusó y, más bien, con cara de pánico, se salió de la fila y se tiró al piso temblando, como si hubiera visto un fantasma o algo peor.

En ese momento, entraron cuatro fornidas mujeres de negro; dos levantaron a la del suelo, que se empeñaba a gritos en demostrar su inocencia. Las otras dos tomaron a Kalyna de los brazos. Le explicaron que habían violado la norma de no entablar conversaciones con otra mujer de cinta diferente y, por lo tanto, ambas serían castigadas. Ella les explicó que lo que gritaba la mujer de cinta verde era cierto, es decir, que no habían tenido conversación alguna y que solamente ella había hablado, pues se le había olvidado que era prohibido.

Las mujeres de negro hicieron oídos sordos y condujeron a ambas por un pasillo desconocido hasta ese momento para Kalyna. Iniciaba en una rampa oscura que descendía empinada y angosta. Un extraño vaho salía de aquel lugar, un aire viciado y podrido.

Poco a poco, se fue acostumbrando a la oscuridad. Entraron a una habitación amplia y circular, con entradas a otros oscuros pasillos y rodeada de lo que parecían celdas. La luz era mínima y se enfocaba en el centro de aquel lugar, donde el cuerpo de una mujer pequeña, delgada y pálida se abrazaba al poste donde se encontraba atada. Sus piernas parecían no poder sostenerla, su cuerpo desnudo temblaba, su espalda en carne viva destilaba oscuras gotas de sangre.

En ese momento una mujer de negro, que no había visto al entrar, pues su color de cuervo se confundía con el oscuro ambiente, colocó el látigo en el suelo, levantó una bata y cubrió con ella a la azotada.

Kalyna fue obligada a continuar caminando, así que no pudo ver cómo la mujer era soltada de sus cadenas y acompañada a una de las celdas. Ahí la encerraron sin agua, y esperarían al otro día para que se recuperara antes de llevarla a su celda.

Tampoco pudo ver la manera en que la mujer con la que había intentado entablar conversación en el comedor era amarrada en el poste y de inmediato castigada con diez azotes, para luego ser llevada a la celda que ya ocupaba la primera. Serían dejadas ahí con una bata delgada y ensangrentada durante la noche. El tiempo les cerraría las heridas. El frío, el hambre y el dolor, les enseñaría a comportarse como mujeres del nuevo país.

La habitación adonde Kalyna fue conducida era muy iluminada, de paredes blancas y limpia, muy diferente a las mazmorras que había dejado atrás. La sentaron en una silla tipo dentista, la cual reclinaron. No le gustaba las visitas al dentista. La verdad es que únicamente había ido cuando era niña, pues, desde que se inyectaba anualmente la vacuna anticaries, las visitas al odontólogo se habían hecho menos frecuentes, tal vez solamente para algún trabajo de limpieza. La ataron de manos y codos a los apoyabrazos, las piernas al reposapiés y la cabeza se la aseguraron al cabezal de la silla.

Todo ocurrió con una rapidez que denotaba la expertica que tenían aquellas personas encargadas de dichas maniobras. El silencio reinaba en aquel sitio y solamente se escuchaba la respiración de Kalyna, quien practicaba sus ejercicios de meditación para mantener la calma. Esperaba tranquila lo que sucediera.

Le cubrieron los ojos con una venda. Colocaron en su boca un protector dental y luego se la sellaron con una cinta. Le untaron un gel en la sien derecha y aplicaron otro poco en la izquierda. Inmediatamente le colocaron dos grandes electrodos.

Las dos mujeres color de cuervo abandonaron la habitación y cerraron la puerta al salir. El único sonido continuaba siendo el calmo respirar de Kalyna. Éste fue interrumpido por los gemidos que ella emitió debido al furioso voltaje que entró en su cuerpo. Sus músculos se tensaban y aflojaban. Cerraba su boca con tal fuerza que sus dientes podrían haberse quebrado, si no fuera por el protector que le habían colocado. Su cuerpo se agitaba como el de William Kemmler, aquel pobre condenado a muerte que tuvo el triste récord de ser el primer ser humano ejecutado en la silla eléctrica. La corriente no era tal como para matarla, el voltaje y amperaje estaban finamente regulados para solamente causar dolor. Kalyna no gobernaba sus músculos y todo su cuerpo hubiese convulsionado como un pez sacado del agua, si no fuera porque se encontraba atada. En un momento, todo fue calmo.

Las dos figuras entraron nuevamente a la habitación y la encontraron todavía consciente, se miraron una a la otra y en un acuerdo silencioso, volvieron a salir de la habitación. Conectaron la electricidad por otros largos segundos para luego regresar y cerciorarse de que Kalyna estaba desvanecida.

La terapia electroconvulsiva se utiliza aún como tratamiento psiquiátrico alrededor del mundo, pero durante el procedimiento el paciente se encuentra anestesiado. Ya no se hace tan brutalmente como en los tiempos pasados, pues el procedimiento muchas veces enloquecía aún más a aquellos desterrados al manicomio.

En el caso del Hospital de las Mujeres, el electrochoque sin sedación se utilizaba como castigo contra las mujeres de cinta amarilla. Aquellas cuyo cuerpo debe mantenerse límpido y bello para el disfrute de su esposo sin importar que algunas neuronas sufrieran algún daño.

Horas después, Kalyna despertó en la celda adjunta a la de las otras dos mujeres. Igual que ellas, le cubría una delgada bata y el frío coqueteaba con sus músculos adoloridos.

Con el rostro entre los barrotes, sus dos vecinas la miraban, como si con los ojos la pudieran reconfortar.

—¿Cómo se siente? —preguntó la más delgada y pequeña. —No se preocupe, aquí podemos hablar sin problema —se apresuró a decir para alejar cualquier temor.

—Sí, ¿cómo está? —preguntó ahora la segunda mujer, más alta que la otra, pero de piel más oscura y cabello ensortijado.

—¿Qué le hicieron? Llevaba varias horas dormida, no la veo lastimada ni golpeada.

—Pues, me duele todo, todo, todito, como si una manada de elefantes hubiera bailado sobre mí. Si no me ven heridas es porque lo que me hicieron fue algún tipo sesión de electrochoques. No se imaginan cómo duele eso. ¡Ay, que mierda! ¡Cómo me duele la cabeza! Me duele todo el cuerpo. ¡Ayayay…! Me duele hablar, me duele respirar.

—Ni me imagino cómo será eso. A nosotras nos castigan con el látigo, cada vez que me amarran a aquel palo y empiezan a arrancar piel y carne de mi espalda desearía quedar inconsciente para no sentir tanto dolor —dijo la mayor de ellas.

—Sí, y lo peor es que no está terminando de cicatrizar la espalda cuando a mí me recetan otra sesión de azotes. Sí, esto es una mierda. Increíble, todos los días despierto pensando cómo hemos llegado a esto. No sé cuándo terminará esta prueba que me ha puesto Dios —comentó las más joven.

Las mujeres continuaron hablando el resto de la noche a pesar del frío, el dolor y el sueño. Las bocas, lenguas y gargantas se secaban y no tenían agua para humedecerlas, pero debían aprovechar la oportunidad de comunicarse antes de que, temprano por la mañana, vinieran las mujeres cuervo y el mutismo se apoderara nuevamente de ellas.

Valentina, la delgada de color caoba pálido, a la que dos cicatrices le surcaban las mejillas, les contó cómo había sido raptada por un vecino suyo y mantenida encerrada en una habitación oscura por meses, cómo había escapado y el remedo de juicio que había tenido. Que había estado un año en la cárcel central, pero por buen comportamiento había sido traslada al Hospital de Mujeres y que los azotes eran parte de su castigo.

La segunda mujer se presentó como María Paula y contó las peripecias que había pasado para venir a rescatar a sus hijos. Le recordó a Kalyna que ella era aquella mujer con la que se había enfrentado hacía más de un año cerca de la entrada del gran muro. Dijo que había llegado nadando a este país y que la habían arrestado en un retén policial. Justo en ese lugar, habían matado al camionero con el que viajaba. Además, contó que a ella la habían traído a esta *cárcel-hospital* por acciones contra la decencia pública, que la azotaban mensualmente y que debía pasar ahí cinco años para encarrilar su espíritu y luego buscarle un lugar como sirvienta.

En algún momento, María Paula dejó de hablar y lloró. Sus compañeras respetaron su silencio. Retomó el aliento y, entre lágrimas, les dijo que le dolía no saber qué sería de sus hijos, pues ellos habían sido adoptados por el tal pastor-presidente.

Capítulo XIX
Un reencuentro

Cumplido el tiempo que tardó el proceso de sanación de espíritu, Kalyna fue trasladada a la Mansión Presidencial.

Estaba a solas con el pastor-presidente en su oficina. Era una habitación muy alta e iluminada. El escritorio era amplio, de fina madera, con dos banderas de la República En Gloria, una a cada lado, celestes con una paloma blanca en el centro. Dos sillas se situaban frente al escritorio sobre una alfombra que combinaba con el piso caoba de madera extraída de los – cada vez más escasos– bosques del país. A los lados, dos amplias ventanas le daban una claridad especial a la habitación presidencial. A unos cinco metros del escritorio, la alta pared donde se encontraba la puerta de entrada era vigilada en la parte exterior por dos guardas.

Ella fue la que inició el diálogo:

—Vaya, vaya. Por fin se te cumplió el sueño de ser presidente —dijo, mientras cruzaba las piernas bajo aquella falda que le cubría hasta los tobillos.

—Así es, Kalyna, así es. Se ha cumplido nuestro objetivo —dijo el pastor-presidente mientras se levantaba del sillón presidencial tras el escritorio y se dirigía a sentarse en la otra silla al lado de Kalyna.

—Por favor, por favor. No digas 'nuestro'. Ésa ha sido tu obsesión desde hace varios años. No me metas a mí. Cuando te conocí, eras un estudiante que casi terminaba la universidad, ya estabas casado y yo acepté nuestra relación, pues nos queríamos.

»Acepté tu cambio de pensamiento político y religioso, pues eso a mí no me importaba. A mí lo único que me importaba era la persona, tu ser, tus ojos, tu piel, tu olor. Amaba cada vez que hacíamos el amor y dejábamos húmedas las sábanas. Amaba las horas que pasabas escuchando mis historias de niña y de joven. Mis peripecias sufridas en esta vida.

»Me comprendiste y me ayudaste a salir adelante, me sacaste del hoyo en que me encontraba, lo cual te agradeceré toda la vida. Éramos esclavos uno del otro y, a la vez, libres. Yo era feliz sola, entre mis horas de ejercicio, yoga y mis libros. Me encantaba salir a correr, a comprar, a tomar un café amargo con una cucharadita de azúcar mientras me sumergía en alguna lectura y visitaba algún cafetín de la ciudad. Siempre sola, acompañada de mis pensamientos.

»No necesitaba otra persona en mi vida, ni amigos, ni siquiera una mascota. Era feliz esperando tu llamada, sabiendo que vendrías a pasar unas horas conmigo, a veces la noche entera porque andabas en alguna supuesta gira. Tu esposa no me era competencia, pues pertenecíamos a vidas diferentes, a mundos paralelos en distinto espacio y tiempo.

»Sin embargo, esto que me has hecho no lo entiendo, me es incomprensible. Me quieres insertar en el mismo espacio y tiempo con tu esposa, sin preguntarle a ella o a mí, y con la probabilidad de que más mujeres entren a este *harem*. Te crees el David o el Rey Salomón moderno.

»No sé qué pasaba por tu mente egoísta cuando me pediste que viniera. Me has matado, sabes que he muerto. Mi cuerpo será tuyo, pero mi espíritu ya no existe. Alejada de un café en una mesa de restaurante, de mi *gin-tonic* en un tranquilo bar mientras leo y me transporto a otros mundos, mientras siento la presencia de Platón a mi lado, ya no existo.

»Si no puedo salir a correr libremente a un parque, si no puedo comprar la ropa que yo quiero, si no puedo expresarme, si mi opinión de mujer vale una mierda en este país, si no puedo hacer nada en ésta, tu República En Gloria, no vale la pena estar contigo. Ya tu olor, tu sudor, tu cuerpo no tendrán ningún valor para mí. Me dejaré coger cuantas veces quieras saciar tus deseos de 'macho', pero no saciaré tu deseo de amor. Ése murió el día que me trajiste a éste, *tu* país.

El silencio reinó por un largo minuto en aquella habitación.

—De seguro que conoces la parábola del hijo pródigo —continuó Kalyna—, pues yo soy una hija pródiga que no quiere ser ayudada. Piensa que, tal vez, no toda oveja que se extravía del camino quiere ser rescatada, tal vez lo que quiere es huir de la manada, de ese rebaño de mentecatos que sigue a su pastor sin usar la razón.

El señor pastor-presidente la conocía bien, pero jamás esperó el discurso que había escuchado. La amó desde el instante en que escuchó su voz por primera vez. Aquella extranjera ultrajada que había rescatado del fango de la trata de blancas, aquella mujer con la que tanto tiempo había compartido. Ahora le decía que no le correspondía. Se atrevía a llamarle 'mentecatos' a sus seguidores. Llegó a la conclusión de que ella pertenecía a esa parte de la humanidad que había sustituido a Dios por otra divinidad a la que llamaban 'razón' o 'razonamiento'. No podía ella entender que nada tiene razón de ser sin el aliento de Dios.

¿No entendía acaso que él había salvado su cuerpo y ahora quería salvar su alma? Él era el pastor, el pastor-presidente, y habría boda.

Capítulo XX
Descubrimientos inesperados

Algo que la alivió fue que no le exigieron bautizarse antes de la ceremonia. No se imaginaba ser zambullida en aquella fría agua; nada que ver con las tibias aguas del Jordán que querían emular.

El lugar donde se celebrarían las nupcias era pequeño, algún tipo de antigua capilla católica de la cual habían sido derribadas dos esculturas de vírgenes que adornaban el altar. Habían sido eliminadas todas las imágenes de santos o Cristos de corazón sangrante que cuidaban las almas de los anteriores inquilinos.

Había sido pintada, así como remodelada recientemente, y ahora, llena de flores y colores, era el lugar ideal para la ceremonia que el señor pastor-presidente se creía merecer.

Eran pocos los invitados, pero el acto era seguido por las cámaras del único canal de televisión del país con una audiencia asegurada.

Entre los invitados estaba, en la primera banca de la derecha, la esposa del señor pastor-presidente. La sonrisa no desaparecía en ningún momento de su cara, aunque su alma estaba rota desde hacía mucho.

Siempre había seguido a su esposo en todos sus planes. Lo conoció en un pequeño grupo universitario de jóvenes religiosos. Le ayudó a hacer una rifa con la que se compró una guitarra para acompañar las canciones e himnos que entonaban durante las sesiones religiosas o las veladas sociales.

Se acordaba de que era amarilla la camiseta que llevaba el día que iniciaron su relación de novios. Una falda corta que mostraba sus lindas piernas y un par de zapatos tenis. Ese día se dieron los primeros besos y acordaron llamarse y seguirse viendo.

Remembraba cómo había perdido la virginidad con dolor y sin haber llegado al orgasmo. Relaciones típicas de muchachos iniciándose en la vida sexual donde se da preferencia a la penetración antes que a la satisfacción femenina. La boda fue pocos días después de que, en la prueba de embarazo, se hicieran notar las dos rayitas que sentenciaban su futuro.

Quedó nuevamente embarazada pocos meses después de parir. Ella deseaba planificar, pero él se lo prohibió, le dijo que tendrían todos los hijos que Dios deseara, pero Él solamente quiso dos, dos niñas, pues una seria complicación postparto le hizo imposible volver a procrear.

El joven esposo tuvo dos importantes cambios de personalidad. Aquel muchacho que la trataba como una reina durante el noviazgo cambió pocos meses después del matrimonio; no hubo más flores, no más besos al salir o volver a casa, no más salidas a cenar. La pasión parecía haberse ido de paseo y haber perdido el camino de regreso. Esta metamorfosis a la inversa, de mariposa a oruga, se dio al mismo tiempo que él se unió a otro grupo religioso e iniciaron sus aspiraciones políticas.

La segunda y profunda trasmutación la tuvo cuando le dio la noticia de que ya no podría volver a engendrar. Desde ese día la despreció; el hecho de no poder ofrecerle un hijo varón lo trastornó. Si la relación se había enfriado como el otoño, ahora había terminado de congelarse en un cruel invierno.

Desde un principio le había prohibido ejercer su profesión, a lo cual ella accedió, pues creyó que sería algo pasajero mientras se establecía la familia. Siempre había sido una mujer libre, autodeterminada, pero aquel hombre que nunca le había pegado ni alzado la voz, ahora la hería con su palabra, con sus decisiones, con su silencio y con su desprecio manifiesto. Lo extraño era que su perfume, así como su voz, la seguían embrujando, y no sabía por qué razón se dejaba manejar como el buey en su yugo. Si alguna vez tuvo la fugaz intención de liberarse, ésta murió el día que le pidió consejo a su progenitora. Su madre era entonces miembro de la congregación del pastor-yerno, y lo idolatraba, lo adoraba. Por esa razón, sus consejos fueron congruentes con las enseñanzas aprendidas. Le dijo, en resumen, que debía de darle gracias a Dios por el hombre que le había reparado, que el mundo se había ido por la borda el día que la mujer salió de la cocina y que tenía que aprender a ser una buena esposa. No supo qué quiso decir con esto último, pero se imaginó que continuar criando a las hijas y dedicarse a la cocina, entre otras.

Aprendió a nunca esperarlo despierta. Sus múltiples reuniones, sobre todo durante las campañas políticas, lo hacían llegar, muchas veces, hasta el otro día o, a veces, no volver por varios días. Era una espera vacía y silenciosa, pues él no llamaba. Algunas veces se le ocurría hacerlo, principalmente para preguntar por sus hijas. Ella no se atrevía a llamarlo. Tal vez alguna vez una llamada al centro de campaña; ahí le contestaba su asistente para decirle que estaba en alguna reunión o en alguna gira en el interior del país.

La sonrisa en su rostro se asomaba muy poco, solamente cuando la obligaba a sonreír, pues había que posar ante algún medio de comunicación para simular ser la familia perfecta del pastor-candidato, pero la sonrisa en su alma había muerto hacía mucho tiempo.

El cambio fue muy repentino e inesperado, así fue para todos. Empacar rápidamente e irse a vivir al sur, a fundar el nuevo país. La mayor sorpresa fue darse cuenta de que todo había sido planeado por él, el pastor-esposo era ahora el pastor-presidente.

Nada mejoró al otro lado de la muralla; al contrario, empeoró. Las nuevas reglas y normas de moral y convivencia eran para todas las mujeres, inclusive para ella, la esposa del presidente, la cual tenía que servir de ejemplo. Un día él llegó con dos niños a los cuales decidió adoptar, pues habían perdido a su padre en un accidente. Ella preguntó por su madre y él dijo que también había muerto en el accidente. Eran Vincent y Sebastián, en aquel momento de dos y nueve años respectivamente. Los primeros días fueron difíciles, pues los niños no paraban de llorar preguntando por sus padres. Poco a poco, se adaptaron al nuevo ambiente y a su nueva familia; sobre todo, Vincent, el menor. Mientras, Sebastián aún tenía sus lapsus en los que se le veía meditabundo, tal vez consumido en los recuerdos de sus padres.

No tuvo mucho que opinar cuando se le notificó que la poligamia real y efectiva se haría ley en el país. Lo que no esperaba era que, meses después de publicada esta norma, su señor esposo-presidente la pusiera en práctica.

Por supuesto, el hecho de que una extraña, conocida, o como fuera, simplemente que otra mujer se volviera parte de la familia y compartiera a su esposo le pareció inconcebible, por lo que esa mañana cuando se enteró por las noticias del canal estatal, lo acompañó a la puerta y se atrevió a reprocharle.

Él volvió la cabeza como para asegurarse de que ningún niño los viera. No respondió, sólo levantó la mano y le dio un bofetón que la hizo caer entre las piedras blancas que adornaban el jardín. Lo vio subir al auto y alejarse. Desde entonces, no le dirigió la palabra, lo cual a él pareció no importarle, pero sí se dejó abrir las piernas cada vez que él lo deseaba. Ya le daba asco, pero más le daría cuando compartiese su pene con otra. Y pensar que podría ser peor, pues luego podría compartirlo con otras muchas más. «¡Ay, Dios mío! No sé si podré soportarlo», pensó.

Mientras Sabrina estaba sumergida en sus recuerdos, la boda inició. El pastor-presidente esperaba en el presbiterio junto al pastor-celebrante. Ambos, de pie, miraban hacia la entrada, pues pronto entraría la novia con sus dos damas de compañía. Eran dos mujeres que ella había conocido en el Hospital de las Mujeres y que pidió dejaran salir para esta ocasión.

Ella entró vestida con un atuendo muy similar en estilo al que usó durante la cura de su espíritu: mangas largas, sin escote, y una falda que le cubría hasta los tobillos, pero mucho más elegante, de color blanco con cuello y el borde de las mangas de encaje.

Las damas de compañía, María Paula y Valentina, estaban ataviadas con ropaje similar de color celeste, pero sin ninguna joya o adorno extra. Caminaron a su lado a través de la nave central cargando un ramo de rosas blancas cada una con la mirada fija en el suelo.

Sabrina volvió la cabeza para mirar por primera vez a su rival. La observó, la escudriñó, la encontró preciosa, bella. Cerró sus ojos, le dolía el pecho y no supo si el corazón le ardía entre llamas o se estaba ahogando entre lágrimas.

Las tres mujeres subieron la corta escalinata hasta dejar a la novia al lado del pastor-presidente. Las dos damas de compañía dieron media vuelta, quedando de frente a los invitados, y se devolvieron a tomar asiento en dos sillas reservadas para ellas.

María Paula levantó por un momento la mirada, que se cruzó con la de un estupefacto Sebastián, quien inmediatamente reconoció a su madre.

Capítulo XXI

Más descubrimientos inesperados

María Paula prefirió ir a sentarse en la última fila. La gente que la miró en su recorrido se preguntó por qué aquella dama de compañía lloraba tanto. Por supuesto que en las bodas hay gente que se ve afectada, pero aquello era exagerado. Sus sollozos interrumpían las palabras del pastor que iniciaba la ceremonia. Un hombre alto y guapo, impecablemente vestido, se acercó preocupado y le dijo algo al oído. Ella, secándose las lágrimas y restregándose la nariz, asintió con la cabeza y le aseguró que estaba bien, que se tranquilizaría.

Nadie entendía que su llanto era de felicidad por haber visto a sus dos hijos, que había perdido hacía casi dos años. Nadie se imaginaba todo lo que había sufrido por aquel momento. Aquellas lágrimas continuaron, ahora en silencio, recorriendo su rostro. Era un llanto que había retenido e inundado su alma, ahogándola, dejándola inerte. Ahora las lágrimas huían de aquel espíritu que revivía y les ordenaba salir liberándose de años de tristeza. Ahora, era la alegría la que tomaba su lugar. Si había hecho muchas cosas para llegar hasta aquel momento, sería capaz de muchas más para verse de regreso a su hogar con sus niños. Si quería que este objetivo se cumpliera tenía que calmarse y seguir el plan trazado.

Sebastián reconoció a su madre. Habría querido abalanzarse sobre ella, pero se contuvo. Kalyna le había explicado a él que su madre iba a estar en aquella ceremonia. Le pidió que no hiciera ningún ademán que los delatara, pues había que seguir un plan del cual él luego tomaría parte si quería volver a su país con ella. Él entendió perfectamente y haría todo lo que le pidieran. Todavía tenía muchos recuerdos grabados en su memoria. En sus sueños, muchas veces, se colaba aún la imagen de su madre.

Kalyna se atrevió a hacerlo partícipe, pues él era un niño de once años que había salido de los brazos de su progenitora a los nueve y de seguro se acordaría muy bien de ella. A Vincent no le informó nada, pues tenía tan sólo dos años cuando su padre lo sacó del país y, tal vez, habría olvidado a su madre. Además, si se enteraba, podría echar a perder el proyecto de escape. De hecho, de los dos, Vincent era el que mejor se había adaptado a su nueva familia. María Paula nunca aparecía en sus sueños.

La ceremonia nupcial llegó a su fin y toda la comitiva pasó a un salón contiguo donde se ofrecía a los pocos invitados una serie de canapés y algunas bebidas exclusivas no alcohólicas. Los niños habían sido llevados a sus casas. Eran mesas altas y pequeñas donde se reunían de dos a tres personas de pie con sus copas, esperando el discurso del pastor-presidente-esposo. Al final de éste, y de la bendición correspondiente, todos levantaron su copa y brindaron por larga vida para aquella nueva relación.

En una mesa se encontraban María Paula y Valentina, admirando el esplendor de aquel lugar y de los invitados, todos en sus mejores galas. Ellas no lo sabían, pero ahí estaba reunida la crema y nata de aquella nueva sociedad. El pastor-alcalde de la ciudad capital y sus tres esposas, varios pastores-ministros, como el de seguridad y culto, el de relaciones exteriores y el de comercio exterior.

Por supuesto, también estaban algunos altos empresarios como el presidente de la *South Palm Oil, Inc.*, y el dueño de la nueva empresa petrolera, *Míster* Sam Keith.

Después del brindis, se iniciaron amenas conversaciones en cada una de las mesas. Igualmente, algunos cruzaban a otra mesa para saludar a algún amigo y unirse a las tertulias.

En un momento dado, Valentina fue al baño y María Paula quedó sola. Esos ratos sin compañía los aprovechaba para meditar y repasar el plan.

De repente, el hombre que le había pedido silencio en la capilla se le acercó y le dijo en voz baja:

—Hola, María Paula. ¿Cómo está?

Faltó muy poco para que la copa se le cayera de las manos. Un escalofrío recorrió su cuerpo de los pies a la cabeza. Ella había dado datos falsos el día que había sido detenida y ahora un extraño la llamaba por su nombre verdadero. No se atrevió a mirarlo.

El hombre notó la reacción que había provocado por lo que, rápidamente y manteniendo un tono bajo, le dijo:

—Tranquila, María Paula. ¿Me recuerda? Soy Emerson Sanders. Tal vez no me reconozca por la barba, pero tranquila. En verdad que nunca creí que lograra llegar hasta aquí. No la voy a delatar, tranquilícese y hablemos.

Para ella fue imposible decir palabra; no se formaban en su mente, pues su cerebro estaba ocupado pensando en cómo todo el plan se había ido por la borda en un par de segundos. La habían reconocido, pronto estaría de nuevo en el Hospital de las Mujeres o en el fondo de un calabozo de alguna de las abundantes cárceles. No volvería a ver a sus hijos. No confiaba en aquel hombre a pesar de que la llamaba a la calma. Colocó la copa en la mesa, pues le pesaba un mundo y su mano temblorosa la iba a dejar caer en cualquier momento.

Emerson notó cómo María Paula estaba a punto de entrar en un colapso, por lo que sólo acató a decir que lo disculpara, que la había confundido con otra y se alejó, regresando a su mesa.

Al volver, Valentina encontró a su amiga pálida como papel; se le notaban los ojos inflamados a punto de estallar como aquellos antiguos emojis. Su respiración estaba agitada. Valentina reconoció el estado de ansiedad en el que estaba su compañera. Se le acercó y le murmuró algo, pero María Paula continuó sin poder articular palabra.

Al ver que no respondía, fue a la mesa principal y dijo algo al oído de Kalyna. Ésta se volteó hacia su nuevo marido y le dijo:

—Una de mis chicas se encuentra mal. ¿Será que alguno de tus hombres las puede llevar a casa?

El pastor-presidente asintió, moviendo la cabeza. Levantó la mano y, en respuesta a este gesto, se acercó Pedro, uno de sus guardaespaldas, al que le dio la orden de llevar a las dos mujeres a sus aposentos en la Mansión Presidencial.

Las dos chicas se subieron al asiento trasero del Mercedes Benz. Pedro se preparaba para subir cuando Emerson Sanders le tocó la espalda y le dijo que él tenía que ir también a la mansión, que se quedara y siguiera disfrutando de la actividad, que él conduciría a las dos mujeres al sitio y que pronto volvería.

Pedro obedeció sin ninguna duda, pues la orden se la estaba dando el jefe de la Policía Secreta del Estado.

Subió, encendió el auto y se marchó rápidamente. Pocos segundos después, inició la charla.

—Me disculpo, María Paula, no fue mi intención asustarla.

Ella intentaba calmarse mirando al paisaje correr por la ventana del auto. Mientras tanto, el rostro de Valentina mostraba un gesto de incredulidad.

Emerson Sanders continuó hablando, mirando frecuentemente por el retrovisor. Se presentó con Valentina y le explicó cómo había conocido a María Paula y que sabía cuáles eran sus intenciones.

La respiración y las palpitaciones de Valentina se aceleraron y la asustadiza chica comenzó a sudar. Aquel hombre las podría llevar a una estación policial o a una cárcel, donde, al final, otro absurdo juicio le daría, como conclusión, una absurda sentencia más que le abriría nuevamente la espalda con el filo del látigo.

—Oigan, chicas, las estoy llevando a sus dormitorios. Tranquilas, no las voy a delatar, pero les pido que no me hagan partícipe de cualquier loco plan que tengan. Casi fui descubierto la vez que la visité en su casa, María Paula. Así es que no me la quiero jugar de nuevo.

Los corazones de ambas mujeres bajaron lentamente sus revoluciones.

—Solamente les advierto que están jugando con fuego. Pueden meterse en problemas y los castigos aquí son realmente fuertes.

El auto pasó cerca de un parque donde dos cuerpos colgados se descomponían y sus restos putrefactos alimentaban a las aves carroñeras.

Un escalofrío recorrió la piel de ambas. Se volvieron a ver preguntándose, en clave de silencio, si su plan daría resultado y si podrían confiar en la discreción de aquel hombre.

Capítulo XXII
Luna de miel

Como parte de la celebración, la nueva pareja partió para pasar un par de días en la playa. Fueron acompañados por el chofer y un guardaespaldas.

Durante el corto viaje, la conversación fue escasa. Habían salido de noche, inmediatamente después de la ceremonia, dejando atrás al resto de la familia.

Al llegar a la habitación del hotel, sin esperar a desempacar, él se abalanzó sobre ella. Kalyna no opuso resistencia. Se dejó desnudar, se dejó lamer y se dejó penetrar sin mostrar el mínimo gesto de placer. Después, yacieron los dos acostados sobre la cama, desnudos y mirando hacia el cielorraso.

—Mi amor, ya somos una pareja consagrada. ¿Por qué no actuamos como tales? —dijo el todavía jadeante señor pastor-presidente.

—¿En verdad esperas que yo responda a tu cariño? Te lo dije desde que empezó todo este circo tuyo. Tendrás mi cuerpo, pero no mi amor. En verdad te has vuelto loco. En lugar de una noche de pasión ha sido casi una violación, además ni siquiera lubriqué, más bien me lastimaste. Sin embargo, espero que estés feliz de haber regado tu 'hombría' entre mis piernas.

—Ya te acostumbrarás al sistema, ya volverás a amarme —dijo, mientras se colocaba acostado a su lado y le acariciaba los labios y luego los erguidos pechos.

—No, no creas que esto cambiará con el tiempo. Es que no puedo aceptar este retroceso; cada hombre con derecho a tener esposas y concubinas. Las mujeres sin derechos. Ni sé cuáles perdieron o cuáles derechos les quedaron. Ya me iré dando cuenta poco a poco. Realmente, ¿cómo se te ocurrió esto?

—Está en la Biblia, necesitamos poblar esta nueva "tierra prometida" con un pueblo que tenga temor de Dios.

—Estará en las escrituras bíblicas, pero ése no es motivo suficiente. Esposas para tener tus hijos, cuidar de la casa y satisfacerte sexualmente. Parecen aquellos tiempos de la antigua y democrática Grecia. Solamente falta que nos declaren el animal más bello, como dijo Aristóteles.

—Ésas son las tareas para las que Dios puso a la mujer al lado de Adán, para que lo acompañara, para que le diera una familia.

—Ya te dije que te dejaré hacer lo que quieras, pero un hijo tuyo no pariré. Primero me abro el vientre antes que parir una criatura en este país. ¿Te imaginas, engendrar una niña? Pobre de ella.

—Ni se te ocurra evitar tu preñez y mucho menos pienses en un aborto.

—Que el aborto se condena con la muerte, me vale un pepino. A tu lado y en este país yo ya estoy muerta. Te lo digo y te lo repito, me conociste y amaste porque era diferente, pero me llegarás a odiar por la misma razón. Tu poder se basa en el miedo, pero yo ya no te temo, ya no tienes poder.

El pastor-presidente continuó hablando sin parar, rememorando los tiempos pasados cuando se comían uno al otro en húmeda pasión. Parecía no haber escuchado nada de lo que ella había dicho, por lo que ella hizo lo mismo y se dedicó a mirar el abanico que lentamente giraba en el techo de la habitación. No escuchaba, tampoco sentía la mano que ahora le acariciaba los labios. Cerró los ojos, pensando un poco preocupada, pues pronto se le acabarían las pastillas anticonceptivas que había traído consigo y no sabía si sería capaz de realmente abrirse el vientre.

A la mañana siguiente, salieron temprano a la playa. Él, en pantalón corto, una gorra y bien embadurnado de aceite protector. Ella, con el vestido de baño permitido en el nuevo país, muy similar al que utilizaban en la vida diaria: el tejido era más fino, la falda llegaba igualmente a los tobillos, pero las mangas eran cortas y el cuello del vestido era un poco más bajo, dejando ver mínimamente las clavículas, sin llegar a los hombros.

Juntos caminaron de la mano. Se internaron unos metros en el mar chapoteando entre las olas. La playa se comenzó a llenar de gente que salía a disfrutar de la arena blanca y el tibio sol tropical. Muchos reconocían a la pareja y la saludaban; era un honor ver al gran señor pastor-presidente y a su nueva esposa. Kalyna cumplía y hacía un perfecto papel.

De vuelta a casa, después de las breves vacaciones, la conversación fue también raquítica. Ella aprovechó para agradecerle que hubiera permitido traer del Hospital de las Mujeres a sus dos amigas, que le habían acompañado durante la boda y permitirles quedarse a servir en la Mansión Presidencial. Ése era el regalo de bodas que ella había pedido y él había cumplido. Una serviría como jardinera y la otra cuidaría a los niños.

Capítulo XXIII
Insomnio y turbios secretos

D esde aquella noche, Emerson Sanders dejó de dormir tranquilo. El secreto que guardaba le había robado la calma. Sus funciones habían cambiado, pues, al otro lado del muro, había cumplido como un miembro importante en la red de espionaje del país original y ahora era el jefe máximo de inteligencia en la República En Gloria.

Era ampliamente conocido en los diferentes estratos del nuevo Gobierno y de la sociedad civil. Su rostro aparecía diariamente en las cámaras del único canal de televisión, siempre asociado a noticias referentes a ejecución de convictos, cárcel a violadores de la Ley Santa, o la última redada donde se había atrapado a un grupo que se reunía clandestinamente a leer libros.

Nunca se había casado, no porque no tuviera pretendientes, sino porque no les encontraba sentido a las relaciones amorosas. En el país original había tenido varias amantes, pero nunca había fingido amor para tener sexo, creía que eso sería perverso. No es que no las quisiera, claro que tenía que sentir algo diferente para acostarse con ellas, pero nunca les ofreció amor. Dicho sea de paso, muchas veces se puso a pensar si en algún momento había experimentado ese sentimiento. Pasión sí sabía lo que era: pasar todo el día de trabajo distraído pensando en la cita nocturna. Claro que muchas veces se envolvía con ellas bajo las cobijas en un fuerte abrazo, un abrazo que ella y él sentían delicioso. Un arrebato de traicioneras endorfinas que les llegaba al corazón y a las más escondidas neuronas.

Pero ¿eso era parte de la pasión, o era amor? Nunca lo supo y seguía preguntándoselo. Alguna canción, o en algún libro repleto de clichés, decía que «*el amor es dejar todo atrás y querer compartir con alguien*». Si esa era la definición correcta, él nunca había amado, pero efectivamente había sentido muchos arrebatos de gloriosa pasión. Sin embargo, él no se sentía mal por eso, sentir y compartir ese ardor entre dos seres era algo soberbio.

Claro que todo había cambiado del otro lado. Él lo sabía todo, su sistema de inteligencia no le tenía nada que envidiar a la CIA o a la antigua KGB. Conocía los movimientos de cada político, de cada director de escuela. Cada habitante espiaba al vecino de al lado, cada obrero a su compañero de labores. Era una intrincada red de espionaje y él se encontraba arriba, en lo más alto.

Sanders no era religioso, pero lo aparentaba cuando era necesario. La vida da vueltas y su profesión y el destino lo habían posicionado en ese lugar. Era una persona de fiar y eso era importante. Por eso, la cúpula que gobernaba el nuevo país depositaba en él toda su confianza. Él sabía cuándo actuar y cuándo no hacerlo. Sabía a qué pobre diablo podía acusar y mandar a la horca, pero también sabía en qué momento hacerse de la vista gorda.

Por ejemplo, él sabía lo que ocurría en el *Rama Seca*, extraño nombre para un lugar de citas. Era un antiguo hotel de lujo, rodeado de un gran bosque y de un alto muro. En cada apartamento moraba una mujer con todo lo necesario para vivir, lo cual era provisto por uno o más amantes. Se les permitía cocinar, tener libros, licores, perfumes y maquillaje, los cuales podían usar todos los días, pero, en especial, en aquellos que tenían las citas con sus hombres, los cuales las visitaban con diferente periodicidad.

Era una linda y cómoda cárcel, pues a estas mujeres no se les permitía salir. La razón por la que estos honorables ciudadanos las tenían escondidas y no las añadían simplemente a su séquito de esposas, era por su genética. Se trataba de chicas preciosas, pero con muchas características asiáticas, africanas o aborígenes, que no las hacía aptas para procrear hijos de políticos, pastores o personas de negocios. Por supuesto que en el país había mucha población mestiza, pero las clases altas debían mejorar su genética, según lo exigían las leyes del país.

A Emerson Sanders le correspondía mantener el lugar lo más secreto posible, al igual que proteger la identidad de los asiduos visitantes: altos jerarcas del Gobierno y poderosos empresarios. Por lo que, para el público, oficialmente aquel sitio era un centro exclusivo donde esta casta de hombres mantenía reuniones periódicas.

A Sanders le correspondió encubrir la verdadera causa de dos muertes ocurridas en ese lugar.

Una de estas chicas, antes de suicidarse, tuvo relaciones sexuales con su amante. Luego lo incitó a tomar mucho licor hasta altas horas de la madrugada. Él se encontraba desnudo y totalmente inconsciente, lo que ella aprovechó para amordazarlo y atarlo a la cama. Moría la tarde cuando él despertó poco a poco de su profundo letargo con un fuerte dolor en la entrepierna y un tibio líquido que sentía correr por sus muslos. Todavía mareado, pudo observar a su lado que ella comía lo que parecía ser un ceviche. Ella le quitó la venda de la boca y le dio a probar. Él tenía náuseas, no quería comer, pero ella lo obligó.

Efectivamente, era una especie de ceviche con algún tipo de carne finamente picada. Quiso vomitar, pero se le pasó y ella aprovechó para colocarle nuevamente la mordaza. Se sentía débil. Ella lo soltó de las amarras, pues sabía que no podría ir a ningún lado. Así, él notó que la cama estaba totalmente bañada en sangre. Quiso gritar, pero no pudo, cuando comprendió que se debía al continuo hilo de sangre que manaba del lugar donde antes se encontraba su pene.

Intentó levantarse, pero su estado hizo que cayera al piso, donde moriría desangrado minutos después. Ella aprovechó para terminar su coctel de ceviche y tomó las llaves que estaban en el pantalón del moribundo. Se sirvió un poco de champaña, se colocó una bata de dormir sobre su cuerpo negro azabache, abrió la puerta, tomó el ascensor, subió a la azotea, miró hacia el sol que se ocultaba, brindó por la vida, se tomó el último trago de su copa y se lanzó al vacío.

Al otro día, la prensa publicó sobre el trágico accidente que sufrió en carretera el ministro de Comercio Exterior; el señor-pastor Xavier Montes de Oca.

Sobre la muerte de la chica no se publicó nada, pues ella no existía.

Emerson Sanders continuaba sin poder dormir; los brazos de Morfeo se le negaban. Caminó hasta el baño de su pequeño pero lujoso apartamento; buscó en una gaveta y sacó un par de pastillas. Era la última y desesperada medida, la cual funcionó, pues a los pocos minutos el efecto de la droga adormecía sus activas neuronas que se negaban a descansar.

Alguien tocó a su puerta. Miró la cámara de seguridad y notó que era María Paula. Se preguntó cómo habría llegado allí y pensó que, si alguien la había visto subir, estarían ambos en serios problemas. Abrió rápidamente la puerta y la hizo entrar con celeridad. Ella se lanzó a sus brazos y sus labios se encontraron. Él respondió a la caricia y sintió cómo las lágrimas humedecían su rostro. Ella no paraba de llorar y, a la vez, no dejaba de besarlo. Las lágrimas le empapaban el pijama, pero no apartaba los labios, pues sentía que, si la soltaba, alguno de los dos moriría. Como si, a través de sus bocas, se inyectaran vida uno al otro. Empezó a sentir sus tobillos húmedos. Las lágrimas seguían bajando de sus mejillas por su pijama y al suelo. No entendía si eran lágrimas de amor, de tristeza, de euforia o de rechazo. Seguían de pie, abrazados sin soltar sus cuerpos ni sus bocas. El nivel del agua continuó subiendo y ya los superaba por varios centímetros; seguía creciendo la marea alimentada por el mar de sus interminables lágrimas. Sus cuerpos no se movían; seguían anclados al suelo. Sus pulmones se alimentaron del aire que los labios de María Paula le insuflaban.

Ahora estaba más seguro de que, si separaban sus bocas, iban a morir ahogados. De repente, ella abrió los ojos, que había mantenido cerrados durante aquel beso de nunca acabar. Eran unos ojos tristes. Ella fue separando su cabeza, despegando lentamente sus labios. En ese momento, él sintió que el agua le entraba e inundaba sus alveolos para luego sentir que se ahogaba, que la vida se le iba.

Emerson despertó con sus pulmones repletos de aire, pero respirando a una velocidad inusualmente acelerada. La angustia que le había provocado aquel sueño, no solamente le había aumentado su frecuencia cardiaca y respiratoria, sino que le había realmente empapado el pijama, pero de sudor.

Se sentó a un lado de la cama con la cabeza entre las manos. Definitivamente, algo tenía que hacer. Aquella situación no podría continuar así.

Capítulo XXIV
Conversaciones en el jardín

L a casa del pastor-presidente era un verdadero palacio, rodeado de jardines, fuentes y esculturas. Dentro, la sala era inmensa, de techo muy alto con lámparas colgantes. Verdaderamente, el pastor-presidente había querido emular algún palacio europeo, tal vez el Belvedere de Viena o el de Versalles.

No había en todo el edificio ninguna estructura que mostrara modernidad. Ninguna curva de metal retorcido al estilo del Guggenheim de Bilbao, o las estructuras paleometálicas de los nuevos arquitectos. No. Él quería, con la construcción de su palacio, enfatizar que la modernidad no era buena, que lo antiguo era lo correcto.

El palacio tenía numerosas habitaciones, muchas aún vacías, las cuales el pastor-presidente pensaba llenar con más esposas y los hijos que Dios le diera.

En la parte de atrás, unido por un pasillo, había otro edificio correspondiente a los empleados del palacio. Allí tenían sus habitaciones los cocineros, las mucamas, las jardineras, etc.

En una de ellas vivía Valentina. Se dedicaba junto con otra chica, diez horas al día, a mantener hermosos y limpios los jardines del Palacio Presidencial. El oficio lo había aprendido durante su estadía en el Hospital de las Mujeres.

Era una habitación pequeña, similar a la de un hotel común con un dormitorio y su clóset, un pequeño escritorio y un baño privado.

En la pared, a la espalda de la cama, tenía una gran cruz que colgaba. Entre sus utensilios de jardinería había conseguido un par de tablas con las que, unidas por un par de clavos, había logrado armar el gran crucifijo. En aquel lugar no eran permitidas las imágenes religiosas, al igual que en todo el país. Todas las imágenes de Cristo, cruces en las iglesias, e imágenes de vírgenes habían sido destruidas y prohibidas en el nuevo Gobierno. En su habitación se podía ver sobre su escritorio una pequeña figura que semejaba a la virgen María. Ella misma la había moldeado con arcilla que encontró en alguno de los talleres del palacio. Nadie nunca entraba a su habitación, con excepción de Kalyna, por lo que esperaba que estas faltas a la ley nunca salieran a la luz.

Ella se mantenía fiel a su fe católica. Una vez por semana rezaba el rosario y casi todos los días leía la Biblia. Kalyna le había sugerido que leyera algunos pasajes y ella lo había hecho. Se trataba de versículos misóginos, que reforzaban la sociedad patriarcal.

Génesis 3:16: *«En gran manera multiplicaré tu dolor en el parto, con dolor darás a luz los hijos; y con todo, tu deseo será para tu marido, y él tendrá dominio sobre ti».*

Timoteo 2:11-12: *«La mujer aprenda en silencio, con toda sujeción. Porque no permito a la mujer enseñar, ni ejercer dominio sobre el hombre, sino estar en silencio».*

Deuteronomio 22:20-21: *«Pero si el asunto es verdad, que la joven no fue hallada virgen, entonces llevarán a la joven a la puerta de la casa de su padre, y los hombres de su ciudad la apedrearán hasta que muera, porque ella ha cometido una infamia en Israel prostituyéndose en la casa de su padre; así quitarás el mal de en medio de ti».*

Por supuesto, ella no había leído con anterioridad esos pasajes; no son versículos que se lean en las liturgias ni sean usados por los pastores o sacerdotes en sus sermones.

Kalyna le había dado una gran lista de pasajes para que los leyera, pero después de leer estos primeros, dejó de hacerlo. Ella prefirió seguir leyendo los versículos de esperanza y fe, que le ayudarían a pasar aquellos malos momentos, los cuales ella tomaba como tiempos de prueba que el Señor le ponía y tenía fe de que saldría con bien de aquel trance.

Jeremías 29:11: «*Porque yo sé muy bien los planes que tengo para ustedes —afirma el Señor—, planes de bienestar y no de calamidad, a fin de darles un futuro y una esperanza*».

Hebreos 11:1: «*Ahora bien, la fe es la garantía de lo que se espera, la certeza de lo que no se ve*».

Valentina pensaba que aquel régimen teocrático que gobernaba ese país se había equivocado y que no había interpretado de manera correcta el mensaje de la Biblia.

Las tres solían sentarse en un pequeño quiosco a tomar café y conversar un par de veces por semana. Un día de esos, Kalyna continuó con sus ideas.

—El peor pecado de las religiones monoteístas que dominan el mundo ha sido contra las mujeres. Un tal San Juan Damasceno se dejó decir que la mujer es una burra tozuda, un gusano terrible en el corazón del hombre, hija de la mentira, centinela del infierno y que, por su culpa, Adán fue expulsado del Paraíso. ¿Se imaginan qué pedazo de bruto? El mismo Santo Tomás de Aquino pensaba que la mujer es un hombre malogrado y que únicamente el hombre ha sido creado a imagen de Dios.

—Ya calla —dijo bruscamente Valentina. Nunca alzaba la voz. De las tres era la más reservada e introvertida.

—¿Qué te pasa? —preguntó Kalyna.

El silencio reinó por muy pocos segundos. Valentina, ya un poco más calmada, respondió:

—No quiero escucharte más Kalyna. Yo tengo mi fe y mi esperanza. En mi espalda florecen y brillan las cicatrices producidas por látigos en manos de hombres de fe. Éstas me recuerdan que el pasado fue real, pero a la vez me aseguran que vendrán tiempos mejores según los designios del Señor. Leí mucho y muy variado cuando estuve encerrada en aquel sótano oscuro en la casa de Xavier. Ahora creo que las cosas no son tal como las pintan los pastores, los sacerdotes o la misma Biblia. Leer me ayudó a salir de la "cámara de eco" en la que me encontraba, pero mi fe sigue intacta.

—Entonces, me estás dando la razón en el sentido de que…

—Kalyna, ya, deja de hablar —intervino María Paula—. ¿No entiendes acaso que Valentina ya no quiere discutir del asunto? Déjala ya tranquila, yo concuerdo mucho contigo, Kalyna, y creo que criticar a una iglesia, un pastor o un libro no es ofender a Dios. También creo que si la gente leyera más, sobre todo los llamados hombres de fe, nunca habríamos llegado a esta situación de un país guiado por lo escrito en un solo libro. Así que ya de una vez, dejémonos de estas discusiones que nunca llegarán a nada y dediquémonos a repasar el plan.

Tras unos breves segundos, Kalyna dejó su taza de café sobre una pequeña mesa, se levantó y caminó adonde estaba sentada Valentina, se le acercó por la espalda, se inclinó y le dio un abrazo por detrás y acercando su boca al oído le dijo:

—Disculpa, amiga, no volveré a tocar estos temas. Tenemos que repasar bien nuestro plan; depende de nosotras y ojalá que tu dios nos acompañe.

Capítulo XXV
La casa del pastor-presidente

Ese día por la mañana todos los niños del palacio, tanto los hijos de empleados como los múltiples hijos del pastor-presidente, se encontraban recibiendo clases en la escuela. Éste no era un edificio aparte, sino que conformaba un sector del ala oeste del palacio. Eran solamente tres habitaciones altas, muy iluminadas con pupitres anchos y sillas de madera no muy cómodas, para evitar la somnolencia de los muchachos.

En la primer aula estaban los niños de seis a diez años, quienes, por tres horas al día, recibían sus clases de lenguaje, matemáticas, religión e inglés. Recibían sólo esas cuatro materias, pues el Consejo General de Educación había decidido que esas materias encerraban los conocimientos que niños en ese rango de edad tenían que aprender. Eran sólo cinco niños quienes se encontraban totalmente concentrados en sus cuadernos, muy separados unos de otros. El maestro-pastor se acercaba a cada uno y les daba la tarea correspondiente según su evolución y desarrollo intelectual. La clase siempre terminaba y se iniciaba con una lectura de la Biblia. El resto del día, los niños pasaban jugando en los diferentes salones de juegos, siempre bajo la vigilancia de sus madres.

Era una directriz del Consejo General de Educación que en esas edades los niños deben jugar más y estudiar poco. Esta vigilancia se encontraba incluida entre las labores que una madre estaba obligada a cumplir. Las mujeres tenían sus habitaciones cerca de las aulas escolares y de las áreas de juego.

Todo este espacio formaba una gran área donde vivían las mujeres y sus hijos emulando al Gineceo de la Antigua Grecia.

En la segunda aula, se encontraban los niños entre once y catorce años. Aquí recibían clases seis horas diarias. En este caso, la clase no era unidocente, sino que tenían un profesor para cada materia. Eran las mismas cuatro mencionadas, a las que se añadían geografía y ciencias naturales. En esta última, estudiaban química y biología. En ella, aprendían sobre el creacionismo y se les enseñaban las falacias de los darwinistas. También se incluía, para los hombres, una hora diaria de ejercicio físico y defensa personal y una hora semanal dedicada al uso de armas de fuego. En este grupo se encontraba Sebastián.

En la tercera clase, se encontraban los muchachos entre quince y diecisiete años. Era aquí cuando los estudiantes llevaban sus primeras clases de educación sexual. En este caso, las lecciones las recibían de manera separada hombres y mujeres. A ambos grupos se les hacía hincapié en la abstinencia como método anticonceptivo y en el gran pecado que consistía tener relaciones sexuales antes del matrimonio. Igualmente, se les explicaba que Jehová había impuesto las enfermedades sexuales como castigo a los que transgredían esas normas.

Estas clases se reforzaban con imágenes de penes ulcerados por la sífilis y vaginas gonorreicas goteando sus secreciones purulentas. Además, a las mujeres se les impartía un curso de *maternología*, donde aprendían cómo cumplir su rol como madre y como esposa en la sociedad. Después de terminar esta formación académica, los varones debían ir dos años al Servicio Militar Obligatorio.

Los soldados de Gobiernos amigos que habían colaborado durante la Gran División se habían retirado. Por esta razón, el

Gobierno había instaurado un ejército profesional de más de cinco mil hombres, que serían reforzados, en caso de alguna necesidad, por la población civil muy bien entrenada.

Una vez finalizado el servicio militar, los varones podían aspirar a estudiar en la única universidad del país. A las mujeres les estaban vedados los estudios superiores. Además, los varones en estos rangos de edad dejaban el Gineceo y pasaban a habitar el ala derecha del palacio, conocida como Andrón, la cual era reservada solamente para los hombres. Las mujeres continuaban viviendo con sus madres en el Gineceo hasta que algún hombre las desposara.

El segundo piso del palacio estaba reservado para las habitaciones de las mujeres del señor pastor-presidente. Durante el día, ellas pasaban en el Gineceo, pero en la noche se retiraban a sus aposentos. El señor pastor-presidente nunca dormía solo, siempre escogía a alguna cada noche. No siempre tenía deseo sexual, pero, cuando lo tenía, se hacía acompañar de alguna que estuviera en su periodo fértil, pues, en teoría, las relaciones sexuales eran para procrear, no para satisfacer un deseo.

Después del matrimonio con Kalyna, el señor pastor-presidente había desposado a otras tres mujeres, pero era ella con la que más tiempo pasaba. Era a ella a quien le contaba sus más profundos temores y miedos, cómo se deshacía de su competencia y de sus enemigos; le comentaba de sus planes futuros.

Ella lo escuchaba horas y horas. No dormía mientras él hablaba. Solo cerraba sus ojos para descansar cuando él, agotado del día y de hablar, le daba un beso de buenas noches y volvía el cuerpo hacia su lado de la cama.

Kalyna continuaba siendo su preferida a pesar de que ya no tenían aquel sexo correspondido y caliente donde ella muchas veces tomaba la iniciativa y lo hacía sentir, gemir. Ella lo había prometido desde que llegó a la República En Gloria y se sintió secuestrada. Así lo había cumplido. Se dejaría hacer, pero no sentiría placer ni quedaría embarazada nunca.

Él no sabía cómo hacía ella para no quedar preñada. Ella tampoco se lo explicaba, pues ya hacía varios meses se le habían terminado las pastillas de planificar. Ambos ignoraban que, tras un aborto que se le provocó como resultado de una violación, su útero había quedado inútil para volver a implantar. Eso le había ocurrido durante su travesía trasatlántica hacia las Américas, en las bodegas de un barco lleno de ratas, de mujeres y niñas ucranianas secuestradas y traficadas por las mafias rusas. A los traficantes no les convenía llegar al continente con una niña embarazada, pues se les dificultaba venderla.

Las mafias rusas tenían soldados contratados. Estos se encargaron, durante la invasión a Ucrania, de secuestrar a las niñas y jóvenes más bonitas y fuertes de las ciudades conquistadas. Luego las repartieron por el mundo en el jugoso tráfico de blancas.

Una noche de ésas, de sexo unidireccional, el pastor-presidente le reveló a Kalyna el gran temor que sentía, debido a la importancia y el poder que estaba concentrando su jefe de inteligencia, por lo cual estaba pensando seriamente en eliminar a Emerson Sanders.

Capítulo XXVI
Cambio de plan

—N unca creí que él te fuera a traicionar.
—Así es, no tengo duda —afirmó el pastor-presidente.
—Pues, si es así, debes tomar las medidas del caso —aseveró Kalyna, siguiéndole la corriente.

Esa noche, al principio, ella intentó relajarse y llegar al orgasmo, pero su conciencia descendió rápidamente de lo alto hacia sus genitales y le recordó que debía comportarse como una muñeca de plástico y así lo hizo. Dejó que el garañón introdujera su miembro en su altar vaginal, pero ella no reaccionó. Mirando al cielorraso, pensaba qué hacer con la información recién obtenida, mientras él gemía y regaba su leche tibia en su seca vagina.

El día siguiente, temprano por la mañana, Kalyna le contó a María Paula que el señor pastor-presidente suponía que Emerson estaba planeando una especie de golpe de Estado y que no le convenía tener entre sus hombres a alguien con tanto conocimiento, pues el saber es poder.

Esa misma noche, un papel se deslizó debajo de la puerta de la oficina del Jefe de Seguridad del Estado. A la mañana siguiente, María Paula saldría de compras en un auto con un chofer y un guardaespaldas. Al llegar al portón de salida, mientras éste se abría, apareció Emerson, quien se inclinó sobre la ventana del guardaespaldas y le murmuró algo al oído. El oficial descendió y Sanders tomó su lugar en el auto.

Llegaron al supermercado. El chofer permaneció en el automóvil. María Paula empujaba el carrito electrónico de la compra. Al colocar algún producto en el interior del carrito, éste reconocía el precio del artículo. Al ir añadiendo más productos, los precios se iban sumando de tal manera que, al cruzar la puerta de salida, el monto total era reconocido por el sistema y rebajado automáticamente de la cuenta bancaria del cliente.

En el auto, Emerson le había dado un pequeño audífono y un broche-micrófono que ella enganchó en su blusa. Él, quien también tenía colocado un juego de audífono y micrófono, la seguía por los pasillos unos pasos atrás. Ella iba como hablando sola, pero él la escuchaba perfectamente y algunas veces contestaba.

Ciertamente, el haber escogido esta manera de comunicarse y un supermercado como lugar de reunión había sido una muy buena idea, pues era el único lugar que no era vigilado y controlado por el Sistema de Inteligencia del Estado. A nadie se le ocurriría urdir ningún plan entre frutas y verduras. Por el contrario, casi todos los centros comerciales y lugares públicos estaban vigilados por cámaras y micrófonos: restaurantes, barberías, tiendas de ropa, calles, avenidas, entre otros sitios.

Un sistema inteligente de reconocimiento de rostros manejaba las imágenes, mientras que otro de voces se encargaba de hacer rastreos, de manera que, si el sistema reconocía que en el transcurso de una semana dos personas se habían reunido varias veces, aunque fuera en diferentes lugares, daba una alarma a un técnico que se encargaba de mirar las imágenes y escuchar las grabaciones. Por supuesto, el sistema era capaz de reconocer rostros y voces de todos los matrimonios y familias que tenía registradas en su base de datos. Por lo tanto, no reconocía como extraño que una pareja de esposos se viera en público, o un padre o una madre con sus hijos. Por otro lado, si las personas que se reunían con periodicidad no estaban en su banco de familias, el sistema giraba una alarma. Muchas veces, después de hacer el respectivo análisis, se daban cuenta de que simplemente se trataba de un par de compañeros de trabajo que salían a tomar un café después del trabajo.

Sin embargo, algunas veces habían escuchado conversaciones entre personas que se reunían y se quejaban del sistema de Gobierno, diciendo que había que cambiarlo, que deberían volver al país original. Todos los integrantes de estos conversatorios habían terminado en la cárcel y, tras varios meses de hambre y latigazos, habían aprendido a cerrar la boca, a no volver a reunirse, a sobrevivir en el sistema que les regía.

De la misma manera, se habían descubierto algunas conversaciones amorosas entre hombres. Los cuerpos de éstos ya se habían podrido, colgados en alguno de los parques de la ciudad.

El sistema de inteligencia igualmente espiaba a todos los altos jerarcas del Gobierno y de la Iglesia, pero, en este caso, existían vigilantes específicos que seguían los pasos de estos políticos-pastores. Todos sus movimientos eran reportados a Sanders. Realmente, él lo sabía todo con respecto a la vida y obra de todos los altos jerarcas del país.

—Jamás —dijo Sanders mientras le hablaba a una piña—. Yo no tengo ningún plan contra el presidente-pastor. Al contrario, yo soy quien ha hecho el trabajo sucio para que él se mantenga sin correr ningún problema en el puesto que está.

—Pues, ya te dije, mi fuente es Kalyna y ella quiere protegerte —dijo, dirigiendo su voz al broche que le colgaba en el pecho.

Terminaron de comprar y volvieron al auto. Esa noche Sanders tampoco pudo conciliar el sueño.

Al otro día, Sanders se acercó al Palacio Presidencial. Llevaba escrito en dos páginas el nuevo plan para ayudarles a escapar. Lo deslizaría bajo la puerta de la habitación de María Paula. No lo haría en la de Kalyna por el riesgo de que esa noche tuviera visita conyugal. Al llegar a la puerta principal, el guarda le negó la entrada por órdenes del pastor-presidente. Así entendió que no sólo debía ayudarles a escapar, sino que él también debía hacerlo y muy pronto.

María Paula se extrañó de que Sanders no se hubiera reportado. ¿Tal vez ya habría sido capturado o asesinado? En las noticias del único canal de televisión, nada parecido se había mencionado. No había manera de comunicarse con él.

Por ese motivo, ella decidió salir de compras nuevamente. Al principio, el encargado de elaborar los permisos de salida se empecinó en negárselo, pues hacía solamente dos días atrás que había salido. Ella lo terminó de convencer diciéndole que era para los preparativos de una fiesta que se daría a uno de los hijos del pastor-presidente y que se le habían olvidado algunas cosas.

—A mí no me gusta salir de compras —acotó María Paula— pero, al no existir aquí el servicio exprés, debo salir yo misma.

Al final, el funcionario le firmó la boleta.

Tal como ella lo supuso, entre las góndolas del supermercado apareció Sanders, quien saludó efusivamente al guardaespaldas que la vigilaba y dejó caer dentro del carrito de la compra, el pequeño paquete con el broche y el micro audífono. Mientras Sanders distraía al oficial, ella se colocó los dispositivos.

Sanders desapareció entre la sección de frutas mientras ella le comentó a su custodio que necesitaba ir al baño. El guardaespaldas se quedó cuidando el carrito de la compra mientras ella se comunicaba con Sanders y éste la enteró de cómo sería la estrategia de escape. A María Paula le pareció mucho mejor que el plan que ellas habían urdido en un principio.

Capítulo XXVII
Misión imposible

Kalyna se sentó al lado de Sabrina. Se le había olvidado por un segundo que ambas eran cónyuges del señor pastor-presidente.

Hablaron de los niños, quienes, por ser un sábado soleado, jugaban todos en la gran área de juegos del Gineceo. Eran muy pocas las veces que ellas tenían una conversación, pues, por lo general, se evitaban mutuamente.

Al final, la convenció de que le permitiera salir con Sebastián y Vincent a comprarles nueva ropa. A lo cual ella accedió sin recelo, pues realmente no quería a los dos niños que su esposo le había obligado a adoptar y colocar a la misma altura que sus hijas.

Esa noche, entre las sábanas, Kalyna también convenció al señor pastor-presidente de que le autorizara una salida de compras con María Paula y Valentina y que, además, llevaría a Sebastián y Vincent, pues ya lo había acordado con Sabrina.

Él aceptó y le dijo que dejaría los permisos en la casetilla de la entrada, pues al otro día debía salir muy temprano.

Efectivamente, esa noche él no se quedó hasta al amanecer en la cama con Kalyna, sino que se fue a dormir a la suya después de la conversación con ella. Pudo notar que realmente algo importante le preocupaba al señor pastor-presidente.

Temprano, las tres mujeres y los niños salieron por el gran portón de acceso. Viajaban en un auto grande de siete plazas, acompañadas, como siempre, del chofer y un guardaespaldas.

Sebastián había sido enterado del plan y temblaba de nervios en el asiento entre María Paula y su hermano menor Vincent, quien no sabía nada de lo que les esperaba. No le habían mencionado las verdaderas intenciones, pues, con mucha seguridad, los delataría. Él era muy feliz en su hogar con su padre y madre adoptivos. No tenía recuerdos de sus padres biológicos, por lo que nunca reconoció en María Paula a su madre.

En algún momento que se discutió el plan entre las mujeres, Kalyna había sugerido que lo dejaran, pues el niño se encontraba realmente bien en aquel ambiente, por lo que llevarlo de nuevo a su país de origen le provocarían otro trauma, otra pérdida, pues los padres que conocía y quería eran el pastor-presidente y Sabrina. No obstante, María Paula no lo aceptó; ella quería a sus dos hijos, llevarlos al otro lado de la muralla y, con el tiempo, recuperar el amor de aquel niño que le había sido arrebatado siendo sólo un infante de dos años.

Llegaron al *mall*, vacío al ser un martes por la mañana. Los niños adquirieron algunos juguetes. Las mujeres no compraron, pues sabían que cualquier cosa sería un lastre para el día de la fuga. Además, estaban tan nerviosas que no tenía disposición para pensar en compras, sobre todo Valentina, quien ya había ido al baño a vomitar dos veces. En la segunda, la acompañó Kalyna:

—Hoy es el día y todas estamos nerviosas, pero no te preocupes, que todo saldrá bien. Solamente mantengamos la calma —dijo Kalyna mientras le pasaba un papel toalla para que se quitara los restos de vómito que le quedaban en la comisura de los labios.

—Yo sé, yo sé —replicó Valentina—. He orado mucho por este día y sé que el Señor nos ayudará, pero el cuerpo siempre me sigue traicionando cuando estoy nerviosa.

Kalyna le ayudó a levantarse del suelo donde estaba de rodillas frente al inodoro. La llevó al lavatorio donde terminó de asearse.

Bajaron al parqueo y subieron todos a la parte trasera de un camión de frutas. Quien cerró la compuerta era el mismo que conduciría el auto. Las mujeres y los niños no se sentían bien, el lugar era cerrado, caliente, oscuro y olía a fruta podrida. Vincent comenzó a llorar y a gritar preguntando qué hacían ahí. Su madre sacó una botella y le pidió al niño que se calmara que tomara un poco del jugo que le ofrecía. El niño seguía insistiendo que quería salir, pero aceptó tomar un par de sorbos e inmediatamente cayó dormido. La única manera de sacarlo de aquel país era sedado.

El camión estaba parqueado junto a cinco camiones idénticos. Empezaron a salir uno detrás del otro y a dirigirse hacia una rotonda cercana.

Mientras, el señor pastor-presidente se levantó de la silla mirando las pantallas.

—¿En cuál de los camiones se subieron? —preguntó, mirando las imágenes que proporcionaba la cámara del dron que había seguido a las mujeres hasta el *mall*.

—No lo sabemos señor, los cinco camiones son iguales —dijo uno de los hombres responsables del monitoreo.

Era la Sede Central de Inteligencia, donde se seguían los movimientos y encuentros de la población. El lugar estaba repleto de monitores y personas dando seguimiento a cada poblador sospechoso. Sin embargo, ahora la atención se centraba en la pantalla que mostraba cinco camiones que daban vueltas y vueltas en la rotonda.

—Acerque la cámara para verles el rostro —dijo el señor presidente.

El dron empezó a acercarse para reconocer cuál era conducido por Sanders, pero, en ese momento, los camiones dejaron de desplazarse en círculo y cada uno salió en una dirección diferente.

A una orden del señor pastor-presidente, uno de los hombres tomó el teléfono y llamó solicitando que prepararan el helicóptero presidencial. Él creía saber adónde se dirigían.

Sanders sabía que el sistema de reconocimiento facial se encontraba sobre todo en los centros de las poblaciones. Ya en las carreteras solamente había cámaras ocultas cada cincuenta kilómetros, pero que sólo reconocían los autos y les era difícil el reconocimiento facial de un auto en movimiento. Así fue como el servicio de inteligencia, hacía ya varios años, había visto subir a María Paula a un camión y la había esperado en un retén.

Después de varios kilómetros, se detuvieron a la orilla de un barranco, donde él había dejado un automóvil, y descendieron del camión. Todos subieron al auto mientras Sanders dejaba rodar el camión por la hondonada. Valentina solicitó un momento para vomitar, lo hizo y subió. Vincent continuaba dormido. Sanders tomó la carretera hacia el norte pasando frente a una de las cámaras.

Cincuenta kilómetros después, descendieron y se subieron a otro automóvil que Sanders con anterioridad había dejado estacionado. Una vez todos en el auto, continuaron hacia el norte pasando frente a otra cámara.

Así burlaron la vigilancia, pues el encargado de las cámaras de la carretera hacia el norte siempre veía pasar un auto diferente y nunca llegó a sospechar.

El plan corría según lo planeado y pronto llegarían a un sitio cerca del Gran Muro; un lugar en la playa cerca de donde María Paula había llegado.

Como Sanders continuaba siendo el jefe en la agencia, él había ordenado a varios de sus hombres subir a los camiones de frutas y ellos habían seguido sus órdenes sin chistar. Igualmente, la noche anterior había pedido a otros que dejaran automóviles parqueados a lo largo de la carretera costanera norte en puntos específicos que él indicó. Tal como funciona en un sistema militar, todos obedecieron y nadie preguntó.

Con mucha seguridad, todos los puntos de vigilancia ya habrían sido notificados sobre la traición cometida por Sanders, así es que no podía acercarse al puesto fronterizo y él también ahora debía huir por su vida. Faltando poco para llegar a la frontera, Sanders salió de la carretera y condujo por entre las palmeras unos pocos metros hasta llegar a la playa. Allí encontraron dos botes ocultos bajo hojas de palma.

Ahora el plan sería subir a las pequeñas barcas y adentrarse varios kilómetros mar adentro, luego, virar a la derecha y después, al volver a la playa, estarían del otro lado. Se trataba de hacer la misma ruta que había utilizado María Paula para entrar al país, pero al contrario.

Cada uno llevaba una mochila con diferentes artículos bien empacados en bolsas plásticas. Algunas contenían, además, pistolas, por si acaso.

Entre los nervios y su inexperiencia para subir a este tipo de embarcación, se subían y se caían, de modo que ni el mismo Sanders sabía cómo subir de manera adecuada a un bote. En uno de estos intentos Vincent cayó al agua despertándose de inmediato. Preguntó dónde se encontraba. Su hermano intentó aclararle la situación, pero aquél no entendía explicaciones. Reconocía a todos, mas no comprendía qué estaba haciendo ahí. Con las olas golpeándole las pantorrillas, el niño decidió correr por la playa y adentrarse entre las palmeras.

Ninguno de los botes se había podido alejar de la playa. Todos sus ocupantes se bajaron con el agua por la cintura y volvieron para buscar al niño. En ese momento, se escuchó un fuerte ruido y se vio la llegada de un helicóptero que bajaba sobre la cercana carretera. Cuando intentaron regresar a los botes, se dieron cuenta que éstos se habían alejado mar adentro.

Entre las palmeras vieron aparecer al pastor-presidente con Vincent en brazos, ceñido a su cuello. Lo acompañaban dos hombres que con sus armas apuntaban, ordenándoles acercarse. El pastor-presidente señaló a Sebastián y le exigió que se acercara. Éste obedeció, tomó una mochila y se colocó al lado de su 'padre', que le acariciaba la cabeza. Mientras tanto, los hombres les quitaron las bolsas y las armas a las mujeres. A Sanders lo registraron de arriba abajo y lo acercaron a punta de empujones.

—Bien, bien. Jamás creí esto de ustedes. Dios los crea y el demonio los junta —dijo, mientras bajaba a Vincent al suelo.

Nadie le respondió.

—Kalyna, Kalyna. No moriste en el Dombás para venir a dejar tu sangre en la tibia arena tropical, porque ésta no te la voy a perdonar.

—Nunca dejaré de agradecerte el sacarme del hoyo donde me encontraba, pero todo lo demás no lo has hecho por mí, lo has hecho por ti. Eres un egocentrista al traerme a éste, tu nuevo país. No fue para salvarme, no fue por mi bien. Lo hiciste por tu egoísmo, por querer un hijo conmigo. La mayoría de los iluminados, si no es que todos, son egocéntricos y narcisistas. Además, en estos momentos le tengo más miedo a la vida que a la muerte.

Las últimas palabras las dijo casi gritando por la rabia que le emergía de sus adentros.

—Kalyna, Kalyna. Ya calla, insensata, malagradecida. —y, mirando a Sanders agregó: —Sanders, Sanders, mi gran amigo. Ya lo dice el salmo *«Aun mi íntimo amigo en quien yo confiaba, el que de mi pan comía, contra mí ha levantado su calcañar»*. ¿Cómo te has atrevido? Ya sabía desde antes que estabas confabulando contra mí, que me querías sacar del trono que me pertenece. Sin embargo, esto no lo sospechaba. Ayudar a unas mujeres a huir y, para empeorar la cosa, tú, Judas, me querías robar a dos de mis más queridos hijos.

—No son suyos. Son *mis* hijos —dijo María Paula que temblaba y sentía una mezcla de ira y miedo.

Las miradas se volvieron hacia ella.

—¡Oh! Ya entiendo. Es usted entonces la exesposa de Carlos. ¡Qué sorpresa! Realmente no lo esperaba, pero hace mucho tiempo que Vincent y Sebastián dejaron de ser sus hijos. Conmigo los niños serán llevados por el camino correcto. Además, ellos ya no se acuerdan de usted. ¿Reconocen ustedes a esta mujer? —preguntó mirando a los dos niños que lo abrazaban a su costado.

Ambos contestaron negativamente. El más pequeño empezó a llorar.

—Calma hijo, que esto termina aquí en este momento.

Los dos niños lo abrazaron.

—Me llevo a los niños al helicóptero. Ustedes encárguense, háganlos sufrir —les dijo a sus hombres, mientras se alejaba con los dos niños por entre las palmeras.

Las tres mujeres y Sanders fueron colocados uno a la par del otro. Sanders pidió ponerse de espaldas para morir viendo hacia el sol, que en esos momentos era tragado por el Océano Pacífico, liberando fuego en forma de celajes. Ellas pidieron lo mismo. Ahora las cuatro figuras miraban al horizonte esperando la bala que acabaría con sus vidas.

Valentina cerró los ojos y no cesaba de orar. Sus labios se movían rápidamente y sus lágrimas le mojaban los labios. Le daba gracias a Dios por la vida que le había dado y que siempre le agradecería, pasara lo que pasara. Que se hiciera Su voluntad. No vomitaba porque ya no tenía nada, nada en el estómago. Esperaba el disparo en cualquier momento. Éste se escuchó y la bala le atravesó la rodilla. Valentina cayó en la arena mojándose en la espuma de la ola que tímidamente se acercaba. Se llevó sus manos a la pierna, que le dolía a morir, y la sangre se escapó entre sus dedos. En ese momento, se permitió pensar «Señor, ¿por qué me has abandonado?»

Kalyna se acordó de las muchas veces que vio la muerte de cerca durante los bombardeos rusos y rememoró cómo en aquellos momentos deseaba vivir. Se acordó de que, poco después de ser violada por los soldados rusos, se arrepintió de estar viva. Habría preferido que una bomba la destrozara, a sentir su cuerpo y su alma rota por los miembros masculinos que la atravesaron. Se acordó de la manera en la que un cliente en un burdel ofreció un dineral por ella y la había liberado de aquel suplicio, volviendo poco a poco a amar la vida. Se acordó de que aquel mismo ángel, que la había sacado del infierno, la había traído a ese país donde ella se sentía muerta. Por ello no le importaba que jalaran del gatillo.

María Paula miraba el mar mientras rememoraba la vez que, en este mismo sitio, había llegado después de nadar muchos kilómetros en las aguas de aquel océano. Todo lo que había entrenado, todo el esfuerzo para volver a tener a sus hijos, todo el sacrificio había sido en vano. Se dejó caer de rodillas mientras esperaba el disparo por la espalda. Una ola se acercó para recibir sus lágrimas. Ella sintió que, en aquel momento, el mar también lloraba.

Sanders conocía el protocolo. Le habían disparado a Valentina y ahora tomaban su tiempo para dispararle a otro, haciendo así más largo el martirio. No les dispararían en la cabeza ni en el corazón; les dispararían en varias partes no letales para hacerlos sufrir un buen rato, tal como lo había ordenado el jefe. Entendía muy bien a sus ejecutores, pues él había hecho muchas veces lo mismo. No se acordaba de cómo había llegado a ser un asesino, de lo cual no se arrepentía, pues la vida lo había llevado a ese punto. En la vida, uno no escoge nada. La historia está llena de villanos y es el destino el que los pone ahí. Eso ha sucedido en todas las épocas, iniciando con Caín.

Sentía que merecía esa bala en la espalda, todo el sufrimiento que se acercaba le sería grato, pues así expiaría todos sus pecados, que había llevado a cabo en el nombre de un dios. Además, él pensaba que el temor a la muerte es la falta de haber vivido y él sentía que realmente había tenido una vida plena.

El sonido de otra bala alejó a las pocas aves que se mantenían en el lugar, pero la detonación no procedía de las armas de los hombres del pastor-presidente. El sonido venía de la carretera por donde se había alejado el mandatario con sus dos hijos. Los sentenciados se volvieron y miraron a sus dos vigías igual de confusos. Con un movimiento de cabeza uno de ellos le indicó al otro que fuera a ver de qué se trataba, mientras él se quedaba vigilando.

Un segundo tardó el vigilante en desaparecer por entre el bosque de palmeras y otro segundo Sanders en hacer caer una lluvia de arena sobre la cara del guardia. Detrás de la arena, vinieron los puños que hicieron caer al hombre y soltar la pistola a unos metros de él. El atacante cayó sobre su víctima y con otros dos certeros golpes dejó a su enemigo inconsciente.

Inmediatamente, Sanders le quitó el cinturón y, con éste, le ató las manos por la espalda. Luego se quitó su propio cinturón y se lo dio a Valentina para que se hiciera un torniquete en el muslo de su rodilla herida, maniobra en la que colaboró María Paula. Sanders, raudo, desapareció en aquella faja de bosque que separaba la playa de la carretera, arma en mano.

Sanders, oculto detrás de un pequeño almendro de playa, hizo una lectura de lo que observaba. El niño Sebastián sostenía una pistola con la que le apuntaba a su padrastro, a quien había herido de un balazo en el abdomen. El pequeño Vincent lloraba mientras abrazaba a su padre tendido en el suelo cerca del automóvil. El guardaespaldas apuntaba a Sebastián, quien mantenía la pistola con la mira en el pastor-presidente.

Este último, con la mano en el abdomen, intentaba detener la sangre que poco a poco comenzaba a brotar cada vez con mayor velocidad. Le ordenó a su hombre que no le apuntara al niño y empezó a tener un diálogo con su hijastro.

Sebastián le explicó que no quería que matara a su madre, que él quería irse con ella. El señor pastor-presidente le replicó que así se haría, pero que entregara el arma. Que se dejara de cosas que él también necesitaba llegar pronto a un hospital.

Ahora, un tiro atravesó la cabeza del guardaespaldas; la puntería certera de Sanders le había volado los sesos. Éste se acercó y le arrebató el arma de la mano al cuerpo exánime. Se aproximó a Sebastián que rápidamente entendió quién dirigía ahora la situación y dejó de apuntar al pastor-presidente, quien continuaba sangrando inmóvil en el suelo y abrazando fuertemente a Vincent.

Sanders se sacudió la arena de su ropa y se acercó lentamente al señor pastor-presidente.

—Vaya, vaya, vaya. ¡Cómo cambia todo en un segundo!

—Sí, qué cosas… Hace un par de minutos no me habría imaginado jamás esta situación. Ahora soy yo el que va a morir en tus manos.

—No, no es mi intención que mueras, ni tampoco matarte —dijo Sanders mientras lo tomaba por detrás de las axilas, arrastrándolo para recostarlo a una palmera—. Ya el tiro de gracia te lo dio tu hijo, que, con mucha seguridad, te habrá perforado algún intestino, así que pronto tu sangre se contaminará y lentamente morirás.

Sebastián había corrido hacia la playa y ahora volvía acompañado de su madre y de una cojeante Valentina, que se apoyaba en Kalyna y María Paula para poder caminar.

Las tres se sorprendieron al ver aquel escenario y se acercaron al punto de reunión en la base de la palmera que poco a poco se manchaba de sangre.

—En realidad que todo puede cambiar en segundos, señor presidente. Al parecer, ahora es usted el que sufre lentamente.

—Así es, todo cambia de un momento a otro y volverá a cambiar dentro de muy poco, cuando las patrullas de la frontera se hagan presentes. Tal vez yo muera, pero ustedes también. Al único que sabía pilotear el helicóptero usted le acaba de atravesar la cabeza.

Efectivamente, el piloto del helicóptero, antes de aterrizar, había llamado a las patrullas de la frontera para que apoyaran en el operativo, por lo que en poco tiempo llegarían.

—Tenemos que hacer algo pronto —dijo Valentina, quien ahora descansaba en un asiento del automóvil.

—Ya no podemos irnos ni por mar ni por tierra, tendremos que usar el helicóptero. ¿Alguien sabe cómo lidiar con un aparato de ésos? —preguntó Kalyna.

Mientras tanto, María Paula intentaba que Vincent se acercara, pero el niño se mantenía aferrado al hombre que consideraba su padre. Ella entendió, en aquel momento, que lo había perdido. Él era apenas un bebé cuando su padre no tomó una curva en aquel cerro de la muerte y terminó en el fondo de un barranco. Su corazón de madre sufría, pero entendía que, por lo menos, había recuperado a Sebastián y que lo perdería todo cuando llegara la policía.

—Yo alguna vez recibí un par de lecciones de vuelo, pero no me la juego, pondría en riesgo la vida de todos —dijo Emerson.

—Ya nuestra vida está en peligro. No valemos nada de este lado e igual moriremos si nos quedamos aquí —dijo Kalyna, quien caminaba de lado a lado haciendo un trillo en la arena.

—Otro problema es que sólo cabemos cuatro personas y somos cinco adultos y dos niños, pues no vamos a dejar al señor presidente aquí herido.

—Pues conmigo no cuenten, prefiero morir aquí que volver al país original. Olvídense de mí. Además, ya les dije que no podrán huir. En la frontera hay apostados misiles que los derribarán.

—Tampoco contemos con Vincent, creo que no vendrá con nosotros —dijo María Paula mientras abrazaba a Sebastián fuertemente.

—Pero es mi hermano, mamá, yo quiero que vuelva con nosotros —replicó el niño intentando soltarse de los brazos de su madre.

—Vincent ha crecido aquí y conoce a este hombre como único padre, no se acuerda de mí ni de su papá. Vamos, Sebastián —dijo, agachándose a la altura de su hijo y mirándolo a los ojos—. Vamos, alejémonos pronto de aquí, al otro lado haremos nuestra vida.

A ella le dolía dejar a Vincent allí, pero entendió que, aunque lo había parido, él ya no la sentía como su madre. Tomó del brazo a Sebastián que se dejó llevar, pero que no cesaba su llanto al ver a su hermano. Los otros ya esperaban en el helicóptero.

Sanders encendió el motor cuyo rugido ocultó el sonido de las sirenas de las patrullas y ambulancias que se acercaban. Empezó a despegarse del suelo y a tomar altura, mientras los disparos le pasaban de cerca al helicóptero.

—¿Crees que sea cierto lo que dijo sobre misiles en la frontera? —preguntó Kalyna a gritos para que Sanders pudiera escuchar a pesar del fuerte estruendo del motor.

—Yo solía saberlo todo, pero desde hace unos meses creo que se me ha ocultado información. Lo último que escuché es que el ejército aún no tenía fuerza aérea, pero estaba comprando tanques, armamento pesado y algunos misiles, pero de corto alcance. Espero que no esté pensando invadir el país original —respondió Sanders, también a gritos.

—Tenemos que arriesgarnos, el torniquete en el muslo está cumpliendo su función, pero de igual manera tengo que llegar pronto a un hospital —dijo Valentina al notar que su pierna empezaba a ponerse fría.

—OK. Haremos lo que habíamos pensado, pero por aire. Nos vamos a meter hacia el mar muchos kilómetros, luego volaremos otros kilómetros paralelos a la costa y, finalmente, volveremos a tierra firme, pero ya en el lado del país original.

El helicóptero se dirigió a toda velocidad hacia el horizonte, invisibilizado por la bruma marina de esa oscura noche, mientras trasportaba a las tres mujeres, a Sanders y a Sebastián.

El negro cielo se iluminó por dos titubeantes misiles que salieron de la playa cercana, persiguiendo un punto en la oscuridad del Pacífico.

* * *

Un mes después, las puertas de la Gran Muralla se abrirían para dar paso a una larga fila de tanques, camiones lanzamisiles y un sinfín de soldados que se adentraron en el país original, a las órdenes del pastor-dictador.

Otras Obras del Autor

En sus cuentos el autor nos comparte su imaginación y nos involucra en historias de terror, fantasía y amor. Con una prosa fluida y cuidadosa, nos sorprende en cada historia con las tramas y los finales imprevistos.

Mención Especial del Jurado 2017 del certamen de cuento de la Editorial UCR. El autor moldea con maestría el cuento corto, reinterpreta y muestra una cereta realista de clásicos infantiles, retratos cotidianos o posibles visiones futuristas. El reto del escritor es sorprendernos y lo consigue.

Es una novela corta de una Costa Rica gobernada por espíritus de las leyendas como la bruja Zárate, la Cegua, el Cadejos. Es un cuento fantástico con pinceladas realistas. Siguiendo la historia de la protagonista Francisca logrará ver cómo ellos cambian la historia del país.

El arte de contar historias no es sencillo; evoca ideas, memorias, voces internas, anécdotas y conversaciones ajenas. Esta es una composición de cuentos cortos bien logrados, que con pocas palabras dejan grandes vivencias y enseñanzas, así como finales insospechados que nos dejan en la memoria la solución de un problema o una vivencia.

Sir Francis Drake, el famoso corsario inglés, navegó en aguas del sur de la actual Costa Rica durante su viaje de circunnavegación del planeta. El autor maneja dos historias paralelas, la del corsario y la de la chamana Guasari, que en un momento dado se cruzan en la isla del caño. Después de este encuentro la vida de ambos continúa, pero por rumbos y suertes totalmente inesperados.

LA MURALLA DE DIOS

Made in the USA
Columbia, SC
07 October 2024

43160773R00109